무엇보다 둔   고의 흔
적이 엿보인   살고 있
으며, 과도한

— 아사다 지로(《   _, 서사, 심사위원)

읽었을 때부터 올해 수상작이라고 생각했다. 깨끗하고 애달
픈 소설이다. 이 '애달프다'라는 감정을 읽는 사람의 마음에
만들어내기란 매우 어렵다. 잘 억제된 문장이 매우 마음에 들
었다.

— 하야시 마리코(나오키상 수상작가, 심사위원)

사건 등은 부차적인 것으로, 사람 그 자체가 모든 것을 보여
주고 있다. 이 작품은 사람을 제대로 그리는 것만으로 숨이
막힐 듯한 긴장감이나 이야기의 기복을 만들어낼 수 있다는
걸 보여준다. 재미있다.

— 다카하시 가쓰히코(나오키상 수상작가, 심사위원)

명료하고 온화하고, 잔잔한 바다 같은 문체가 인상적이다. 무
엇보다 문장이 지닌 투명함이 좋다. 슬픔이 치유되어간다는,
소설로서의 핵심도 제대로 갖추고 있었다. 수상은 당연한 거
로 생각했다.

— 기타카타 겐조(《영웅 삼국지》 저자, 심사위원)

파일럿 피시

파일럿
バイロットフィッシュ
피시

오사키 요시오 **장편소설**

이영미 옮김

예문사

사람은 한번 만난 사람과는
두 번 다시 헤어질 수 없다

차례

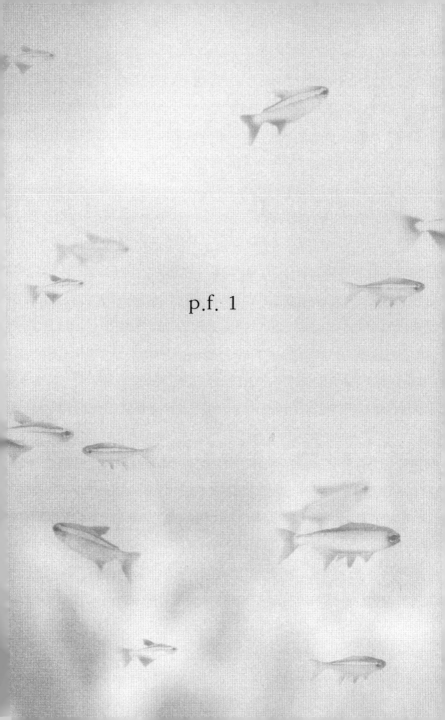

p.f. 1

사람은 한번 만난 사람과는 두 번 다시 헤어질 수 없다. 인간
에게는 기억이라는 능력이 있고, 따라서 좋든 싫든 그 기억과
더불어 현재를 살아가기 때문이다.

　인간의 몸 어딘가에 그 모든 기억들을 담아놓는 거대한 호수
같은 곳이 있고, 그 밑바닥에는 잊어버린 줄만 알았던 무수한
기억들이 앙금처럼 쌓여 있다. 무언가를 떠올리고 무언가를 시
작하려 할 때, 잠에서 막 깨어 아직 아무 생각도 없는 아침, 아
주 먼 옛날에 까마득하게 잊어버렸을 기억이 호수 밑바닥에서
별안간 두둥실 떠오를 때가 있다.

　그리로 손을 뻗는다.

　호수에 떠 있는 보트에서 손을 뻗는다. 그러나 보트에서 호수
바닥이 훤히 보여도 그곳에 손이 닿지는 않듯이, 앙금으로 가라

앉은 과거는 두 번 다시 손에 쥘 수 없다.

제아무리 퍼내고 또 퍼내도 손에는 덧없는 물의 감촉만 남을 뿐, 힘껏 움켜쥐려 하면 할수록 그 물은 기세를 더하며 손가락 틈새로 새어나가 버린다.

그러나 손에 쥘 수는 없을지 몰라도 기억은 흔들흔들 아스라하게, 그러면서도 확실하게 내 안에 존재하므로 그로부터 벗어날 수는 없다.

최근에 내가 이런 생각에만 몰두하게 된 까닭은 아마도 모리모토에게서 걸려온 전화가 원인인 것 같다.

모리모토의 전화는 이쪽 상황은 전혀 개의치 않는다. 다시 말해 자기가 걸고 싶은 시간에 무작정 건다. 밤 열한 시에 전화가 오는가 하면, 새벽 세 시일 때도 있고, 아침 일곱 시일 때도 있다. 내가 아직 회사에 있을 것 같은 시간대에는 회사로 전화한다.

모리모토와 나는 삿포로에서 고등학교에 다닐 무렵부터 친구였다. 고등학교를 졸업하고 도쿄에 있는 같은 대학에 진학했다. 모리모토는 대기업 카메라 회사에 취직해서 영업사원이 되었다. 그로부터 십구 년, 그는 유능한 직원으로 전국을 두루 돌며 근무했고 지금은 고베에 있다.

그런데 재작년 여름, 즉 1998년 여름 무렵부터 모리모토의

12

상태가 아무래도 좀 이상했다. 아침이든 한밤중이든, 심지어 회사에서 전화를 받은 점심나절에도 언제나 잔뜩 취해 있었다.

모리모토는 대개 혀가 꼬인 흥분된 목소리로 "이봐, 야마자키"라고 말문을 열었다.

"내가 왜 이렇게 매일같이 퍼마시며 늘 취해 있어야 하는지 아나?"

나도 술을 좋아하고 거의 매일 마시긴 하지만, 모리모토처럼 아침부터 밤까지 깨어 있는 시간 내내 취해 있어야만 하는 이유는 좀처럼 헤아릴 수 없었다.

"그건 말이지, 내가 괴로워서야. 괴롭다고. 도망치고 싶어, 도망치고 또 도망치고, 매일같이 도망치고 싶단 말이지. 너나 나나 마흔이 넘었어, 그래서 최근에야 간신히 깨닫게 된 게 있지. 그게 뭐냐면, 내가 인간의 기억력이라는 걸 너무 우습게 봤다는 거야. 내 말 알겠어, 야마자키?"

이럴 때, 나는 대부분 그저 묵묵히 모리모토의 얘기만 들어준다. 모리모토는 내 생각을 듣고 싶은 게 아니다, 단지 자기가 빠져버린 미로의 풍경을 누군가에게 말로 설명하고 싶을 뿐이라고 생각했기 때문이다.

"스무 살 무렵에는 너나 나나 꽤 건방졌지. 세상을 아주 깔봤던 게 분명해. 일하고 돈을 벌며 착실하게 살아가는 사람들을 은근히 경멸했지. 작은 행복을 목표로 삼는 삶을 부정했어. 그래서 술집에서 직장인이나 학생들을 보며 툭하면 바보 취급을 했잖아. 그런데 말이야, 그로부터 이십 년이 흐른 지금에야 깨달았는데, 그렇게 의기양양하게 술집에서 내뱉었던 말들이 여전히 가슴속 어딘가에 앙금처럼 쌓여 있더군. 그때는 그런 욕설을 이십 년 후까지 기억할 줄은 꿈에도 몰랐는데 말이야. 세월과 함께 까맣게 잊힐 줄만 알았거든. 그런데 인간의 기억은 그렇게 만만하질 않더군. 그 당시의 세세한 장면까지 다 기억나고, 그것들이 이제 와서 날 괴롭혀. 난 거기에서 도망치려고 매일같이 술을 퍼마시는 거야. 이십 년 전에 남들을 깔보고 상처 입히며 내뱉었던 내 말들에서 도망치려고."

그해 여름 내내 매일같이 그런 전화가 집중적으로 왔다. 그러던 어느 날, 한여름 소나기처럼 전화가 돌연 뚝 끊겼다. 알고 보니 모리모토가 포트아일랜드에서 고베 시내로 향하는 포트라이너라는 모노레일에서 고함을 지르며 날뛰기 시작했고, 신고를 받고 달려온 경찰과 한바탕 난투극을 벌였다. 결국 그는 그 자리에서 검거되었고, 곧장 나고야 시내에 있는 정신병원으로 실려 가서 입원했다.

심각한 알코올의존증이었고, 게다가 그것은 불운하게도 내장뿐만 아니라 모리모토의 뇌까지 확실하게 침범했던 것이다.

새벽 두 시에 난데없이 집 전화가 울렸을 때, 나는 반사적으로 모리모토의 전화가 아닐까 생각했다. 모리모토는 최근 몇 달간 전화를 걸지 않았다. 그러나 이런 불규칙한 시간에 걸려오는 전화는 아무래도 모리모토를 먼저 떠올리게 했다.

소나기 같은 모리모토의 전화가 계속 울려댔던 그 무렵부터 나는 기억 혹은 인간의 기억력에 관한 생각에만 빠져 살았다. 그것은 한번 들으면 귀에 박혀서 떠날 줄 모르는, 단순하면서도 어딘지 모르게 애처로운 레게의 선율 같아서 문득 정신을 차려보면 나는 또 그 생각에 빠져 있곤 했다.

나는 모리모토의 말이 분명 일리가 있다고 생각했다. 이십 년이나 지난 옛날의 아주 사소한 말다툼이 세세한 부분까지 극명하게 떠오를 때가 있다. 그때 술집 카운터에 놓여 있던 재떨이 색깔과 형태까지 이상하리만치 선명하게 기억난다는 사실이 몹시 놀라웠고, 그로부터 도망칠 수 없는 뭔가를 느낄 때가 있었다.

기억으로부터 그리 간단히 도망칠 수는 없는 것은 분명하다. 억지로 도망치려 들면, 나 역시 모리모토처럼 머지않아 나의 어딘가가 파괴될 때까지 술이라도 계속 퍼마실 수밖에 없을 것이다.

내 안에서 계속 흐르는 레게처럼, 제아무리 잊고 싶은 과거도, 젊음과 감성만으로 함부로 내뱉었던, 떠올리기조차 싫은 경박하고 잔혹한 말들도 나의 일부로 살아남아서 그것만을 도려낼 수는 없다.

전화기는 몇 번인가 울렸고, 그러다 나의 망설임을 꿰뚫어 본 듯이 끊겼다. 90센티미터짜리 수조의 물갈이를 막 끝내고, 거실 한가운데 놓여 있는 수족관을 멍하니 바라보고 있을 때였다.

새벽 두 시. 거실 창 너머로 보이는 니시오기쿠보 거리는 찬물을 끼얹은 듯 고요히 가라앉아 있었다.

발밑에서는 롱코트 치와와 종인 작은 개 두 마리가 쫓고 쫓기는 시시한 놀이에 푹 빠져 있었다. 한 마리가 다른 한 마리의 다리를 살짝 물고는 돌아서서 전속력으로 도망친다. 물린 녀석이 도망친 놈을 방 구석구석까지 쫓아가 살짝 물고는 그야말로 쏜살같이 줄행랑을 친다. 개 두 마리는 질리지도 않고 그런 장난을 되풀이했다. 벌써 두 해째 봄이 가까워지는데 모모는 전혀 자랄 기미가 보이지 않는다. 가늘고 짧은 다리를 만화영화처럼 고속으로 회전시키며 날듯이 뛰는 모습이 너무나 우스꽝스러웠다. 영락없이 어릴 때 즐겨 봤던 『톰과 제리』라는 미국 만화영화 그대로였다.

저 멀리서 희미하게 구급차 사이렌이 울렸다. 그 아련한 소리가 거리의 적막감을 한층 두드러지게 만드는 것 같았다.

물갈이를 막 끝낸 90센티미터짜리 수조는 마치 새로운 생명이 불어넣어진 것처럼 반짝반짝 빛을 발했다. 나는 그것을 바라보며, 유리 표면에 미세하게 들러붙은 이끼를 플라스틱 삼각자로 긁어내기도 하고, 조금 웃자랐다 싶은 수초를 잘라내며 마지막 마무리 단계에 들어가 있었다.

그때 다시 전화가 울렸다.

완벽하게 마무리된 수조 앞에서 맥주를 마시거나 종잡을 수 없는 생각에 잠길 수 있는 앞으로의 몇 시간이 내게는 가장 마음 편하고 행복한 시간인 만큼, 거듭 울려대는 전화벨은 내 기분을 우울하게 만들었다.

전화벨은 마치 받고 싶지 않은 때를 정확히 노린 것처럼 울려댔다.

나는 그것이 모리모토의 전화가 아니라는 것을 직감했다. 모리모토의 전화는 한 번만 집요할 정도로 벨을 울려대다 이쪽이 안 받는 걸 알면 다시 걸지는 않는다. 그러나 지금 전화는 조금 전에 걸었다 한 번 끊겼고, 또다시 울리기 시작했다.

새벽 두 시에 술 취한 모리모토 외에 내게 용건이 있는 사람이 과연 있을까 생각해봤지만, 순간적으로는 아무도 떠오르지 않았다.

　　　　　　　　　　～

　단념하고 수화기를 들자, 목소리보다 앞서 유리잔 속에서 얼음이 휘저어지는 메마른 소리가 울려 퍼졌다.

　"알겠어?"라고 얼음 소리를 뒤쫓듯 목소리가 이어졌다.

　"으응, 알아"라고 나는 대답했다.

　목소리의 기억이 어디에 어떤 형태로 남아 있는지는 알 수 없지만, 그 기억이 이토록 선명하고 확실하다는 사실에 나는 적잖이 놀랐다.

　"알겠어?"

　단지 그 한마디만으로 나는 호수 밑바닥에서 흔들거리는 사람의 모습을 떠올릴 수 있었던 것이다.

　그것은 십구 년 만에 듣는 유키코의 목소리였다.

　"유키코지?"

　그렇게 묻는 내 목소리는 갈라져 있었다.

　"그래."

　역시나 살짝 쉰 목소리가 울렸고, 또다시 유리잔 속에서 얼음이 구르는 달그락거리는 소리가 들렸다.

"오랜만이야"라고 유키코가 말했다.

"어어, 오랜만이네"라고 내가 대답했다.

그리고 잠시 침묵이 흘렀다. 십구 년 동안 얼굴은커녕 목소리조차 들은 적이 없었던 두 사람이기에 그것은 어쩔 수 없는 침묵이었다.

"술 마셔?"라고 내가 물었다.

"응, 조금"이라고 유키코가 말했다. 그리고 "야마자키는?"이라고 말을 이었다.

"캔맥주."

유키코가 있는 곳은 내가 있는 곳보다 훨씬 더 고요한 것 같았다. 그것은 역시 희미하게 울리는 얼음 소리 때문일지도 모른다. 아무 소리도 없는 것보다 작은 소리가 있는 게 고요함을 더 두드러지게 만드는 경우도 분명 있겠지.

"몇 년 만이지?"라고 유키코가 물었다.

"십구 년."

"십구 년이나 됐구나."

그렇게 말하고 유키코가 한숨을 내쉬었다. 그리고 또다시 짧은 침묵이 찾아왔다. 내게는 그것이 마치 십구 년이라는 두 사람의 긴 세월에 대한 묵념처럼 느껴졌다.

"음악이 들리네"라고 유키코가 작은 소리로 말했다.

"그래?"

"응. 들려. 희미하게. 그나저나 굉장히 조용하다, 야마자키 집."

나는 집에서 늘 귀에 들릴 듯 말 듯 한 아주 작은 음량으로 음악을 틀어놓는다. 소리가 내 의식 속으로 파고드는 게 고통스럽기 때문이다. 귀에는 가까스로 와 닿지만, 의식하기 직전에 사라지는 정도가 내게는 적당한 음량이었다.

그 소리가 수화기 너머 유키코의 귀에까지 들린다는 사실이 꽤 놀라웠다. 그 정도로 내가 있는 이곳 역시 고요했다.

"뭐 틀어놨어?"라고 유키코가 물었다.

"폴리스(the police, 영국 록 그룹)"라고 내가 대답했다.

"와아, 옛날 생각 난다"라고 유키코가 진심으로 반가워하듯 말했다.

"그래?"

"지금도 그런 음악을 듣는구나."

"새로운 건 좀 그래. 소설이나 음악이나 젊은 시절에 좋아했던 것만 되풀이해서 읽거나 듣지."

"왜?"

"왜긴, 결국 너무 많은 건 필요 없기 때문이겠지. 음악은 아주 마음에 드는 것만 몇 가지 있으면 충분해."

"「에브리 브레스 유 테이크(Every Breath You Take)」?"

"뭐, 이를테면 그렇지. 어쨌든 지금은 귀에 익은 노래가 제일 좋아."

그리고 또다시 대화가 끊겼다. 나는 나대로, 유키코는 유키코 대로 수화기에서 흘러나오는 소리에 기대서 십구 년이라는 공백의 세월을 메워줄 무언가를 찾고 있었을지도 모른다.

"난 지금 두 아이의 엄마야"라며 이번에는 유키코가 먼저 침묵을 깨뜨렸다.

"큰애는 겐타, 작은애는 아야코. 겐타는 초등학교 3학년이 됐는데, 정말이지 속수무책일 정도로 천방지축이야. 붙임성 하나는 좋아서 같은 반 애들이나 동네 애들한테 인기는 많은데, 실속은 하나도 없거든. 초등학생 주제에 흔해빠진 그럴듯한 대답하나는 잘해, 어설픈 영업사원 같다니까. 보나마나 남편을 닮았을 거야. 아야코는 다섯 살. 엄마인 내 입으로 말하긴 뭣하지만, 정말 귀여워. 틀림없이 날 닮았겠지."

끙 하고 모모가 발밑에서 애처로운 울음소리를 냈다. 쫓기 놀이에 지쳐버린 모양이다. 게다가 내가 누군가와 통화를 하면, 모모는 늘 이렇게 처량한 소리를 내곤 했다.

"어머, 누구 있어?"

"개 두 마리를 키워."

"그렇구나."

"키운 지 벌써 이 년이나 되는데, 작은 녀석이 전혀 크질 않아서 아직도 손바닥만 해."

"이름은?"

"큰 놈이 쿠고, 꼬맹이가 모모."

"어머, 이름이 귀엽네. 종은?"

"롱코트 치와와라고, 말하자면 털이 긴 치와와지."

"그럼 괜찮겠네, 작아도."

"응, 그건 그런데, 작아도 너무 작아."

"흐음. 그 정도로 작구나."

"얼마 전에는 산책하다 까마귀한테 습격까지 당했어. 쿠랑 모모를 데리고 집 근처를 걷고 있었는데, 엄청나게 큰 까마귀가 전깃줄을 타고 쫓아오더군. 사냥감을 발견한 눈빛으로 모모를 노리는 게 확연했지."

"어머나, 세상에."

"내가 잠깐 한눈을 판 사이 전깃줄에서 퍼덕거리며 내려오더니 모모에게 덤벼들었어. 모모는 더는 불가능할 정도로 아스팔트 바닥에 납작 엎드려서 벌벌 떨어댔다. 얼마나 무서웠는지 똥오줌을 동시에 지리더라고. 동네 아이들이 그 모습을 보고 깔깔댔지."

"아하하" 하고 유키코가 웃었다.

그것은 십구 년 만에 듣는 유키코의 웃음소리였다.

"집에서는 온갖 말썽을 다 부렸었는데, 그 후로는 까악 소리를 내며 손을 파닥거리면, 바닥에 납작 엎드려서 쏜살같이 개집 속으로 도망쳐. 바보 같지."

"바보네."

"하핫" 하고 나도 웃었다.

"털 색깔은?"

"쿠는 흰 바탕에 옅은 갈색 반점. 파티컬러라고 부르지. 모모는 폰이라는 살짝 붉은 기가 도는 옅은 갈색인데, 얼굴은 도둑처럼 생겼어."

"도둑?"

"응, 옅은 갈색에 검은 수염이 듬성듬성 뻗쳐 있거든. 도둑질하다 들킨 도둑처럼 흠칫거리는 표정인데, 그런 것치고는 제법 빈틈이 없지."

"그런 얼굴을 가진 개가 간혹 있긴 하더라."

"게다가 모모는 분명히 롱코트일 텐데, 털이 전혀 자라질 않아."

"속은 거야?"

"그럴지도 모르지."

왜 그런지 유키코와 나는 정작 중요한 얘기는 덮어두고, 주변만 빙빙 돌듯 에두른 대화만 주고받았다. 하긴, 지금의 유키코와 나에게 정작 중요한 얘기가 무엇인지 전혀 알 수 없었다. 그저 조금씩 바깥 해자를 메우듯 전화선을 따라 다가갔을 것이다.

치와와는 몸집에 비해 눈이 비정상적으로 커서 눈과 눈 사이가 묘하게 넓어 보인다느니, 사람에게 안겨 있을 때가 가장 행복하다는 게 왠지 안쓰럽다느니, 두 사람은 한동안 치와와를 소재로 이야기꽃을 피웠다.

"야마자키, 스티커 사진이라는 거 알지?"

치와와에 관련된 담소가 한 차례 끝나자, 유키코가 내게 물었다.

"으응, 알지."

갑작스러운 화제 전환에 살짝 긴장하며 내가 대답했다.

"찍어본 적 있어?"

"아니, 그건 아직 못 찍어봤는데."

"다음에 같이 찍을래?"

그 말과 동시에 지금까지와는 달리 훨씬 크게 달그락거리는 얼음 소리가 귓가를 스치고 지나갔다. 전화선에서 갑자기 쏜살같이 내려온 그 말에 나는 아스팔트에 납작 엎드리듯 침묵했다. 「브링 온 더 나이트(Bring on the Night)」의 전주가 내 의식까지 와 닿았다. 섬세하고 아름다운 기타 전주에 스튜어트 코플랜드의 날카로우면서도 딱딱한 드럼 소리가 어우러졌다.

"꽤 재밌어. 아야코가 많이 모아. 우리 때는 그런 거 없었잖아."

"뭐 하러?"

"어머, 왜? 이유 같은 게 꼭 필요한가?"

"둘이서?"

"그래, 둘이서."

몇 번째인가의 침묵이 두 사람의 대화 위를 가로질러 갔다. 나는 쿠와 모모의 모습을 눈으로 좇다가 수조로 곁눈질을 했다.

"뭐, 어때?"라며 유키코가 말을 이었다.

"의미니 이유니, 그런 거야 아무려면 어때. 그냥 마흔한 살이 된 야마자키랑 마흔한 살에 두 아이의 엄마인 내가, 십구 년이나 소식불통이었던 두 사람이 서로 중년이 돼서 스티커 사진을 찍는다. 왠지 바보스럽기도 하고, 재미있지 않아?"

재미있지 않아? 라는 말치고는 유키코의 목소리가 너무 가라앉아 있어서 반사적으로 모리모토의 목소리가 떠올랐다.

"유키코, 취했어?"

"응. 뭐, 조금."

나는 유키코와 함께했던 삼 년간의 시간을 떠올렸다. 십구 년이 지난 지금도 그 시간은 여전히 내 마음속에 있다. 그거야말로 이제는 스티커 사진처럼 작디작은 추억의 편린이 되어버렸다.

그러나 그것은 비록 작디작아도 마음 한구석에 찰싹 달라붙은 실(seal) 같아서, 떼어내려 아무리 애를 써도 쉽사리 떼어낼 수가 없었다.

"으음, 야마자키, 넌 앞으로 어떤 일을 할 생각이야?"

대학에 다닌 지 삼 년째 되는 여름, 세미나 수업이 끝나고 만난 신주쿠의 작은 찻집에서 유키코가 내게 물었다.

"모르겠어."

"아이참, 예를 들면 뭘 어떻게 해보고 싶다거나 이거면 괜찮겠다거나, 그런 것도 없어?"

"흐음."

내가 말문이 막혀 머뭇거리자, "뭐든 있을 거 아냐?"라며 유키코가 얇은 입술을 삐죽 내밀었다.

"뭐, 굳이 들자면 편집 관련 일이랄까"라고 내가 말했다.

그것은 그 자리에서 되는대로 뱉은 말이 아니라, 졸업을 일 년 남짓 앞둔 내 안에서 조금씩 싹을 틔워가던, 솜사탕처럼 근거 없고 미덥지 못한 진로였다.

　대학 수업은 재미있냐고 하면 나름 재미도 있었고, 따분하냐고 묻는다면 고개를 끄덕일 수밖에 없을 만큼 그냥 그랬다. 고등학교를 마치고 대학에 진학할 때, 나는 대학에서 과정이 아닌 목적을 추구했다. 중학교는 고등학교에 가기 위한 과정이고, 고등학교는 대학에 가기 위한 과정이다. 그러나 대학은 어딘가로 가기 위한 과정이 아니라, 과정의 연속으로 교육을 받아온 사람에게는 당연히 목적이어야 했다.

　대학에 다닌 지 반년도 채 지나지 않아서 나는 그런 내 생각이 안일하고 흐리터분한 환상이었음을 뼈저리게 실감했다.

　대학이야말로 목적이라기보다는 과정 자체였고, 과정의 최종 마무리 같은 곳이었다. 그 앞에 펼쳐진 것은 망망대해 같은 사회였고, 그리로 나가는 보다 유리한 입장을 얻기 위한 광장이 바로 대학이라는 불가사의한 공간이었다.

　캠퍼스는 오만했다. 게다가 아무런 근거도, 자신도, 실적도 없는 오만함이 넘쳐흘렀다. 학생들은 큰 소리로 웃으며 서로 장난을 쳤고, 그런 것치고는 하나같이 배타적이면서도 요령 하나만큼은 좋았다. 나는 도무지 캠퍼스라는 공간에 잘 적응하지 못했고, 마음 한구석으로는 늘 결정적인 소외감을 느꼈다. 그런 정체불명의 소외감은 난생처음 경험하는 감정이었다.

두 달씩이나 집 안에 틀어박혀 잠만 잤던 적도 있다. 어디에도 갈 마음이 내키지 않고, 누구를 만날 기력조차 솟아나지 않았다. 방의 전깃불도 안 켜고 그저 오로지 잠만 잤다.

그러면서도 내게는 대학을 과감하게 그만둬 버릴 만한 결단력도 없었다. 너무나 소극적으로 주어진 공간 한구석에서 간신히 참가하는 상태로 그럭저럭 삼 년간을 버텨온 셈이다.

"편집자라. 왠지 느낌은 별로인데"라고 유키코가 말했다.

"그래?"

"굉장히 성가실 것 같잖아."

"그런가."

"뭐, 딱히 상관은 없겠지."

웃으며 혀를 쏙 내민 유키코가 잠깐 기다리라고 말하며 자리에서 일어섰다.

그길로 밖으로 나가서 돌아오지 않는 유키코를 한 시간쯤 기다렸을까. 창가 자리라 신주쿠를 오가는 인파를 멍하니 바라보고 있었다. 캠퍼스를 활보하는, 그 어떤 불안도 의문도 느껴지지 않는 학생들과 달리, 신주쿠의 행인들은 저마다 뭔가를 매달고 힘겹게 걸어가는 것처럼 보여서 왠지 모르게 마음이 조금 놓였다.

유키코가 좀처럼 돌아오지 않아서 이번에는 하는 수 없이 행인들의 수를 헤아리기 시작했다.

"미안, 미안, 너무 늦었지."

796명을 헤아렸을 때 돌아온 유키코는 자리에 앉자마자 컵에 든 물을 단숨에 들이켰다.

"역시 출판사라는 데는 느낌이 별로야"라고 얼음을 입에 문 채 유키코가 말했다.

"전화번호부를 뒤져서 처음부터 차례대로 전화를 걸어봤거든. 편집 일을 하고 싶어 하는 지인이 있는데, 빈자리가 없냐고."

"빈자리?"

"그래, 취소 대기인 셈이지. 일단은 그 방법밖에 없잖아."

유키코의 긴 속눈썹 아래서 사려 깊은 검은 눈동자가 빛났다.

"그거 혹시 내 얘기야?"

"잠자코 들어봐. 그랬더니 한 건 걸렸어. 서른 번째쯤이었을까. 출판사같지 않게 느낌이 좋은 아저씨가 전화를 받더라. 자기네는 의욕이 있는 사람은 어쨌든 다 면접을 보는 방침이니까 내일이라도 한번 와보래."

"와, 그런 경우도 있나?"

"문인출판이란 곳이야. 이름부터가 왠지 고지식할 것 같지?"

"문인출판은 들어본 적이 없는데, 어떤 책을 만들지?"

"그걸 낸들 알겠어"라며 유키코가 왜 그런지 아주 유쾌하게 웃어젖혔다.

뭐, 하긴 그런 건 상관없을지도 모른다.

유키코가 전화번호부에서 찢어 온 전화번호를 들고 일단 내일 당장 찾아가 보자. 어차피 나는 게으름뱅이고, 게다가 여러 가지 중에서 뭔가를 고르는 일이 너무나 버거우니까. 중국집에 가도 메뉴만 이리저리 훑어볼 뿐, 몇 번씩 헛기침을 하며 재촉하지 않으면 자기가 먹을 음식조차 못 고른다. 티셔츠 한 장을 사러 나가도 수많은 종류에 현기증을 일으키다 결국은 빈손으로 돌아오고 만다.

보나마나 이 세상의 출판사도 중국집 메뉴나 옷가게 진열대에 늘어선 티셔츠 숫자만큼은 있을 게 틀림없다.

"뭐, 어떻게든 되겠지."

청결하게 관리한 유키코의 하얀 이가 살며시 드러났다.

내가 준비한 솜사탕이야, 어서 먹어봐. 유키코의 두 눈동자가 나를 지그시 응시하며 그렇게 속삭였다.

"지금 뭐 하고 있었어?"

"수조 물갈이."

"이 시간에?"

"응. 청소랑 빨래랑 물갈이는 늘 한밤중에 하거든."

"금붕어도 키워?"

"그게 아니라, 열대어."

"와, 멋지다. 우리 아야코는 금붕어 키우는데. 그나저나 금붕어 어항은 왜 그렇게 금세 누리끼리한 이상한 빛깔로 변하나 몰라. 물도 비교적 부지런히 잘 갈아주고, 뽀글뽀글 공기 나오는 거, 그 스펀지도 늘 깨끗하게 청소해주는데."

모모가 또다시 끙 하고 서글픈 소리를 내서 무릎 위에 올려주었다. 모모는 바람개비처럼 꼬리를 빙글빙글 돌리며 기쁨을 표현했다. 그런 모모와 나를, 마룻바닥에 배를 납작 붙이고 턱까지 툭 떨어뜨린 쿠가 밉살스럽다는 듯이 눈을 치뜨며 올려다봤다.

"수조는 박테리아 생태계로 이뤄지는 거야"라고 내가 말했다.

"박테리아?"

"물고기가 똥을 싸지, 그럼 거기에서 예를 들면 암모니아 같은 유해물질이 발생해. 그것을 일단 니트로소모나스(Nitrosomonas)라는 이름을 가진 박테리아가 아질산이라는 물질로 분해하지."

"니트로소모나스?"

"응, 그래. 그리고 니트로소모나스가 암모니아를 분해해서 생겨난 아질산을 이번에는 니트로박터(Nitrobacter)라는 박테리아가 질산염이라는, 물고기에게는 거의 해가 없는 물질로 분해해."

"잠깐만, 메모할게."

"아냐, 메모할 필요까진 없으니까 그냥 들어."

나는 마시던 맥주를 단숨에 들이켰다.

"그런데 이 질산염이라는 물질은 물고기에게는 거의 무해한데다 수초에게는 영양분을 주지. 그래서 수초가 필요로 하는 질산염의 양과 물고기의 똥이 분해되면서 발생하는 질산염의 양이 조화를 이루면, 이론상으로는 수조가 반영구적으로 깨끗한 상태를 유지할 수 있어. 그렇지만 대부분은 질산염이 공급과잉이 되어버리지. 그건 결국 물과 박테리아와 수초와 물고기의 균형 중에서 아무래도 자꾸 물고기 양이 많아져버리기 때문일까. 그런데 질산염은 산성이라 수조의 물이 점점 더 산성화될 수밖에. 그래서 그걸 완화하려고 중성인 수돗물을 넣어서 물갈이를 해주는 거야. 청소가 아니라 중화야말로 물갈이의 진정한 목적인 셈이지."

"반영구적이라고?"

"이론상으로는 그래."

"왠지 굉장히 관념적이다."

그러나 아무리 잘 관리한다 해도 결국 완벽한 수조는 있을 수 없다. 수조라는 것은 인간이 만든 한계가 있는 세계이므로 그것은 분명 유키코의 말대로 관념적인 것을 기술로 어떻게 성립시킬 수 있느냐 하는 실험인 셈이다. 아질산뿐만 아니라, 언젠가는 그것을 분해하는 박테리아까지도 수조 안에 너무 증가해버려서, 관념적인 반영구 수조는 현실적으로 붕괴될 수밖에 없다.

"관념적인 반영구 수조"라며 유키코가 나지막이 한숨을 내쉬었다. 그리고 말을 이었다.

"그건 그것대로 왠지 굉장히 환상적이고 멋지다"라고.

"그렇지만 수조의 균형은 언젠가는 무너지게 돼 있어. 물갈이나 필터 청소만으로는 감당이 안 되지. 박테리아가 너무 늘어나서, 예를 들면 물 흐름을 바꿔주는 파이프 속이나 바닥에 깐 모래, 게다가 물고기 몸에까지 박테리아가 과부착하는 상태가 초래되거든."

"과부착?"

"그래. 그러면 이번에는 그것을 완화시키는 약품이 필요해져."

"약품이라고?"

"포름알데히드(formaldehyde)."

"포르말린 말이야?"

"그래. 포르말린."

"그런 걸 어디서 구해?"

"약국에서 팔아."

"누구나 살 수 있어?"

"응. 극약이라 사용 목적과 주소, 이름을 기입하라고 요구하지만, 기본적으로는 누구나 살 수 있어. 그걸 물 10리터당 1시시(cc) 비율로 섞어서 수조에 넣어주지. 그러면 수조 안의 박테리아 양이 감소해서 박테리아 포화 상태에서 벗어날 수 있는 거야."

"말하자면 포르말린으로 박테리아를 죽이는 거네."

"그런 셈이지."

나는 십구 년 만에 유키코와 나누는 대화에서 왜 이렇게 열심히 수조에 관한 설명을 해야 하나 싶은 동시에 그런 대화에서 편안함도 함께 느꼈다. 포름알데히드라고 말한 순간, 포르말린이라고 대답하는 유키코, 그것으로 박테리아를 죽이는 원리를 이해하는 유키코.

무릎 위의 모모는 놀다 지친 아이처럼 꾸벅꾸벅 졸기 시작했다. 이따금 화들짝 정신을 차리고, "안 돼, 안 돼"라고 말하듯 머리를 흔들며 멍한 눈빛으로 나를 올려다보지만, 결국은 또다시 견디지 못하고 고개를 꾸벅이고 만다. 그런 동작을 되풀이했다.

"유키코가 자주 씻어준다는 뽀글뽀글 거품이 나오는 스펀지. 그게 실은 박테리아가 사는 곳이야. 그러니까 그걸 깨끗하게 씻어내는 건 기껏 발생한 박테리아를 없애버리는 셈이지."

"왠지 얘기가 SF영화 같다."

"실은 수조 물속에도 박테리아가 많아. 그런데 그 물을 모조리 쏟아버리고 생태계가 없는 수돗물로 갈아버린다, 그게 어떤 의미인지 알겠지?"

"수조의 자살?"

"그럴까?"

"아, 타살이구나"라며 유키코가 한숨을 내쉬었다.

"그러면 한순간은 깨끗해지지만, 금세 다시 누렇게 변해버려."

"맞아. 그걸 되풀이했어."

"처음에는 다 그래."

"그건 그렇고, 그 니트로인가 뭔가 하는 괴물 같은 이름을 가진 녀석들은 대체 어디서 가져와?"

"으음 그건, 파일럿 피시(pilot fish)라는 게 있는데, 건강한 물고기의 똥 속에는 건전한 박테리아 생태계가 있게 마련이지. 그

래서 수조를 설치하고 제일 처음 넣는 물고기가 중요해. 건강한
물고기가 생태계가 아직 형성되지 않은 물속에서 똥을 싸잖아,
그러면 약 이 주 후에는 건강한 물고기의, 즉 비율이 적정하고
상태가 좋은 박테리아 생태계가 수조 안에 만들어지는 거야."

"파일럿 피시?"

"그래."

"어감이 참 좋다."

"하지만 조금 슬프기도 해."

"왜?"

"예를 들면 말인데, 수족관 상급자가 아로와나나 디스커스 같
은 값비싼 물고기를 샀다고 치자. 비싼 물고기들은 대체로 신경
질적이고 약해. 그럴 때 그런 물고기들을 위해서 미리 파일럿
피시를 넣어서 물을 만들어두지. 앞으로 넣을 값비싼 물고기와
최대한 비슷한 환경에서 키운 물고기를 골라서 말이야. 그리고
물이 만들어질 때를 가늠해서 원래 넣으려고 했던 물고기를 옮
겨와. 그리고 파일럿 피시는 버리지."

"죽여?"

"그래. 죽여."

"다른 물고기를 위한 생태계만 남기고?"

"그래. 생태계만 남기고."

"왜 죽여?"

"이젠 필요 없으니까. 못된 놈들은 햇볕에 말리거나 산 채로 변기에 흘려보내거나 아로와나가 잡아먹게 그냥 내버려 둬."

"너무해."

"그래서 맨 처음에 넣은 물고기 상태가 나쁘면 아무리 시간이 지나도 수조는 완성되지 않아. 그건 균형이 나쁜 박테리아가 그 상태로 물을 지배하기 때문이지. 그렇게 되면 수조를 다시 살리기는 매우 힘들어."

"그렇지만 우리 금붕어는 아주 건강해."

"그러니까 아마도 청소를 너무 자주 하는 게 문제인 것 같은데. 아니면 먹이를 너무 많이 줬거나. 한 번쯤 물이 좀 더러워도 청소하지 말고 그냥 놔둬 봐. 물은 4분의 1 정도만 부분적으로 갈아주고."

"흐음."

"그게 좋을 거야."

"으음, 야마자키도 죽여?"

"아니, 난 아무래도 그건 못 해. 그래서 상급자도 못 되지."

거실의 90센티미터짜리 수조는 완벽하다고 할 만한 상태를 보여주고 있었다. 반지르르하게 정성껏 갈고닦은 듯한 물은 마치 그곳에 존재하지 않는 것처럼 투명한 빛으로 가득했다. 그

속에서 삼백 마리 남짓한 카디널테트라(Cardinal Tetra)와 백 마리 남짓한 아프리칸램프아이(African Lamp Eye)가 뛰어난 지휘자의 지휘를 따르듯 우아하게 좌우로 떼 지어 헤엄쳐 다녔다.

잘 손질된 잔디밭처럼 생긴 옅은 녹색의 리시아라는 수초는 산산이 부서져서 아로새겨진 다이아몬드 조각 같은 무수한 작은 거품을 가득 머금고 있었다. 광합성으로 만들어진 산소 방울들은 부력의 한계까지 부풀어 오르면, 이제 더는 참을 수 없다는 듯이 잇달아 수면을 향해 하늘하늘 떠올랐다. 거품은 빛을 흡수하고 때로는 반사시켜서 마치 빛의 입자 자체가 움직이는 것 같았다.

바닥 쪽에서는 코리도라스메타에(Corydoras Metae)라는 애교 넘치는 소형 열대어 메기가 바닥에 깔린 모래를 입으로 훑으며 헤엄쳤다. 야마토새우라는 투명하고 작은 담수 새우는 수초에 생긴 이끼를 마치 실을 휘감듯이 야무지게 먹고 있었다.

찬찬히 살펴보면 수조 바닥에서 탈피한 새우 껍질 몇 개를 발견할 수 있다. 새우는 투명한 물속에서 소리도 없이 성장하고, 그러다 더는 집어넣을 수 없게 된 자기를 과시하듯 껍질을 벗어던졌다.

십구 년이나 흘렀나, 하며 나는 생각에 잠겼다.

그동안 나는 과연 몇 번이나 껍질을 벗었을까. 껍질을 남기지

않으면 성장할 수 없는 새우처럼 나도 분명 언제 어디선가 성
장했을 테고, 그로 인해 뭔가를 벗어던지거나 혹은 뭔가를 잃어
버렸을 것이다.

유키코에게는 유키코의, 내게는 나의 십구 년이라는 세월이
흘렀다.

"야마자키, 지금 어디서 일해?"라고 유키코가 물었다.

"어디긴, 문인출판이지"라고 내가 대답했다.

유키코의 말대로 문인출판의 사와이 씨는 분명 느낌이 좋은
아저씨였다.

한증막처럼 푹푹 찌는 무더운 여름날, 나는 아스팔트 위에 땀
방울을 뚝뚝 떨어뜨리며 사와이 씨가 전화로 알려준 길을 머릿
속으로 반추하면서 센다가야의 완만한 언덕길을 올라갔다.

이윽고 큰 신사(神社)가 보이고 오거리가 나와서 거기서 왼쪽
으로 꺾어들었다. 그 교차로에서 세 번째, 드넓은 묘지와 마주
하고 있는 4층짜리 건물 3층에 문인출판이 있었다.

"휴우" 하고 나는 이유 없이 큰 한숨을 한 번 몰아쉬었다. 그
리고 마음을 다잡고 초인종을 눌렀다.

"네, 문인출판입니다."

중년 남성의 쉰 목소리가 차가운 느낌이 나는 검은 플라스틱 상자에서 흘러나왔다.

"야마자키 류지라고 합니다. 어제 전화드린 가와카미 유키코의 친척 되는 사람입니다"라고 나는 최대한 또박또박 큰 목소리로 인터폰에 대고 말했다.

"아아, 자네로군. 어서 들어오게."

문을 열자, 몸집이 자그마한 초로의 남자가 웬일인지 싱글벙글 만면에 미소를 머금고 서 있었다. 그리고 나는 검은 소파만 대충 늘어놓은 두 평 남짓한 작은 응접실로 안내되었고 명함을 건네받았다.

명함에는 '문인출판 전무이사 편집장·사와이 하야오'라고 쓰여 있었다.

"음, 자네는 여기서 잠깐 기다리게"라며 사와이 씨가 밖으로 나갔다.

나는 소파에 앉은 채, 창밖의 풍경을 바라보았다. 창 너머로 묘지가 내다보였다. 그것은 생각하기 따라서는 묘지의 바다 같기도 했고, 바닷가에 지은 집에 햇볕이 잘 들듯 그 사무실 역시 햇볕이 잘 들었다.

사와이 씨가 컵에 따른 보리차 두 잔과 물수건 한 개를 쟁반에 담아서 들고 왔다.

"자네, 땀을 엄청나게 흘리는군. 오늘이 덥긴 하지"라며 사와이 씨가 물수건을 내게 내밀었다. 나는 그것을 받아 들고 얼굴의 땀을 훔쳐냈다.

"편집 일을 하고 싶다고?"

사와이 씨가 탁자에 컵을 내려놓으며 물었다.

그러더니 주머니에서 하이라이트를 꺼내 불을 붙였다. 손끝이 담뱃진으로 누렇게 변해 있었다.

"네."

내가 종이봉투에서 허둥지둥 이력서를 꺼내며 대답했다.

"그런데 아가씨한테 전화를 시키다니, 자네도 좀 한심하군."

사와이 씨가 웃으며 별 흥미도 없다는 듯이 이력서를 훑어보았다.

"성격은 나약하다 …… 아하하, 솔직한데"라는 사와이 씨의 말에 나는 엉겁결에 머리를 긁적였다.

사와이 씨는 마르고 작았다. 머리칼은 거의 백발이었고, 온몸에서 버석버석 메마른 분위기가 풍겼다. 꼼꼼하게 잘 닦은 안경 너머에서 빛나는 온화한 눈동자는 나에게 안도감을 주는 동시에 무심코 넋을 잃고 바라보게 만들었다.

"책은 좀 읽나?"라고 사와이 씨가 물었다.

"네."

"최근에 읽은 소설은?"

"《여로의 끝(The End of the Road)》입니다."

"《여로의 끝》?"

"네. 존 바스(John Barth, 미국 60년대 포스트모더니즘 작가)의 작품입니다."

"미안하지만, 잘 모르겠군. 그럼, 그 전에 읽은 책은?"

"《여름으로 가는 문(The Door into Summer)》."

"SF?"

"하인라인(Robert Anson Heinlein, 미국 30년대 대표적인 공상과학소설가) 작품입니다."

"아아, 나도 SF는 꽤 좋아해"라고 사와이 씨가 기쁜 듯이 말했다.

"왜 두 권을 물어봤느냐 하면 말이지, 실은 내가 오 년 전에 이가라시라는 녀석이 면접을 보러 왔을 때 똑같은 질문을 했거든. 최근에 읽은 책을 한 권만 말해보라고. 그랬더니 이가라시가 마침 기다렸던 질문이라는 듯이 가슴을 당당히 펴고 다자이 오사무의 《인간실격(人間失格)》이라고 대답하더라고. 그것을 뛰어넘을 만한 문학 작품은 없다면서 기회가 있을 때마다 몇 번씩 다시 읽는데, 그때마다 새로운 발견을 한다는 거라."

사와이 씨는 사려 깊은 시선으로 나를 똑바로 바라보며 이야기를 이어갔다.

"그래서 뭐 괜찮겠다 싶어서 채용하기로 했는데, 입사하고 얼마쯤 지나자 이가라시가 이러더군. 그때 사와이 씨가 한 권을 더 물어봤으면 자기는 아웃이었을 거라고. 《천재 바카본(오카쓰카 후지오의 개그 만화)》이라도 대답할 수밖에 없었을 거라면서."

사와이 씨는 애써 웃음을 참는 표정으로 짧아진 담배를 비벼 끄더니 곧바로 새 하이라이트에 불을 붙였다.

"뭐, 어쨌거나 그래서 평생 책을 한 권밖에 안 읽은 편집자가 탄생한 거야. 《인간실격》에 속아 넘어간 쪽이 실격이겠지만"이라고 말한 후, 사와이 씨가 마침내 큰 소리로 웃음을 터뜨렸다.

"그래서 그 후로는 면접 때 반드시 두 권은 물어보지."

사와이 씨가 아주 즐겁게 웃어서 나도 왠지 완전히 유쾌한 기분이 들었다.

"이게 우리 대표 잡지야."

자리에서 일어나 책꽂이에서 책 한 권을 꺼내 든 사와이 씨가 거의 닦은 적이 없을 것 같은 유리 탁자 위에 툭 던지듯 내려놓으며 말했다. 그것은 A5 판형의 조그만 중철 제본 잡지였다.

유키코는 놀라울 정도로 감이 좋아서 거의 초능력자 같은 총기를 보여줄 때도 있었다. 아주 적은 재료로도 여러 가지를 꿰

뚫어 보는 불가사의한 능력을 갖고 있었다.

그렇긴 하지만 예상이 빗나갈 때도 있었다.

탁자 위에 던져진 책은 출판사 이름에서 풍기는 딱딱한 이미지와는 정반대였다. 자극적인 원색으로 도배를 한 성인용 잡지였다.

선정적이라고 볼 수도 있겠지만, 아무런 매력도 느껴지지 않는 모델이 새빨간 립스틱을 바른 입술을 살짝 벌리고 무슨 영문인지 바나나를 반쯤 베어 물고 있었다. 검은 망사 스타킹을 신은 하반신을 미묘하게 비틀고 있었고, 그녀의 시선은 보는 이가 부끄러울 정도로 도발적이었다.

그 사진 위에 〈월간 이렉트(erect)〉라는 아주 굵직한 은색 문자가 춤추고 있었다.

"이렉트?"라고 내가 혼잣말처럼 중얼거렸다.

"〈월간 이렉트〉"라고 사와이 씨가 말했다. 그리고 "표정이 왜 그래?"라며 말을 이었다.

'이렉트'를 의아하게 바라보는 나에게 사와이 씨가 어이가 없다는 말투로 물었다.

"자네, 설마 모르고 왔나?"

나는 얼굴을 숙이면서 고개를 끄덕였다.

"아하하, 놀랍군."

사와이 씨가 밝은 목소리로 웃었다. 그리고 말을 이었다.

"책을 한 권밖에 안 읽은 편집자도 대단하지만, 무슨 책을 만드는 출판사인지도 모르고 면접을 보러 온 자네도 정말 대단해."

사와이 씨의 말이 너무나 지당해서 나는 저절로 몸을 움츠릴 수밖에 없었다. 할 수만 있다면 그곳에서 당장 바람처럼 사라져버리고 싶었다.

그러나 어떤 의미에서 보면, 그것은 어쩔 수 없는 결과이기도 했다. 찻집에서 나온 후, 유키코와 나는 신주쿠의 기노쿠니야 서점에 가서 문인출판의 책을 이리저리 찾아봤지만, 끝내 한 권도 찾을 수 없었기 때문이다.

"출판사 이름으로 봐선 틀림없이 철학이나 심리학 계통 분위기야"라고 유키코가 밝게 얘기해서 내 마음속에도 그런 이미지가 생겨나버린 것이다.

사와이 씨를 처음 본 순간, 나는 제멋대로 품었던 이미지와 유사한 느낌을 그에게서 받았다. 밀어붙이는 힘은 약하지만, 묵묵히 수수한 책을 꾸준히 만들어가는 고지식한 초로의 편집자 같은 분위기가 사와이 씨에게는 있었기 때문이다.

"잘 듣게, 자네는 어쨌든 편집자가 되고 싶은 거지?" 잠자코 입을 다물고 있는 나에게 사와이 씨가 물었다.

나는 고개를 꾸벅 끄덕였다.

"그렇다면 에로 책을 우습게 보면 안 돼"라며 사와이 씨가 담배 연기를 입과 코로 동시에 내뿜었다.

"책을 만드는 일이란 무엇인가? 그건 뭐니 뭐니 해도 일단은 독자를 끌어당기고, 뭐든 흥밋거리로 꼼짝 못하게 만들어서 책을 사게끔 하는 거야. 바로 그런 책 만들기의 기본 중의 기본이랄까, 원리 원칙이 에로 잡지에 집약돼 있지. 게다가 심플하고 이해하기 쉽게. 안 그런가?"

"아, 네."

"발기시켜서 판다. 이 단순한 도식이 간단하면서도 어렵고, 그렇기 때문에 재미있고 또한 공부도 되지."

"아, 네."

"그러니 어떤 의미에서는"이라고 말을 잇는 사와이 씨는 왠지 살짝 자신만만해 보였다.

"에로 잡지의 편집자야말로 편집자 중의 편집자인 셈이지."

물론 내게 대꾸할 말이 있을 리 없었다. 시선을 어디 둬야 할지 몰랐던 나는 창밖을 멍하니 바라보았다. 창밖에 펼쳐지는 묘지의 바다는 쥐 죽은 듯 고요히 가라앉아 있었다.

"뭐, 하긴 자네도 오늘은 좀 놀랐을 테니, 집에 가서 잘 생각해보고 오고 싶으면 언제든지 와."

내 눈에는 그렇게 말하는 사와이 씨의 눈동자에서 다정함이 흘러넘치는 것 같았다.

‹‹-↗

그날 저녁, 유키코와 나는 신주쿠의 찻집에서 만났다.

"어땠어, 면접은?"

유키코가 유리잔에 담긴 아이스티를 빨대로 천천히 휘저으며 내게 물었다.

나는 그날 하루 있었던 일을 가능한 한 상세하게 유키코에게 들려주었다. 유키코는 한숨을 내쉬고, 얇은 입술을 내밀고, 때로는 소리 내어 깔깔거리며 내 얘기에 귀를 기울였다.

그런가 하면 "〈월간 이렉트〉라"며 퍽이나 울적한 듯 턱을 괴기도 하고, 그러다 또다시 "발기시켜서 판다고?"라며 묘하게 감탄하는 기색을 드러내기도 했다.

아무튼 자기가 건넨 솜사탕이 뜻밖의 방향으로 발전된 것을 반쯤은 후회하고 반쯤은 즐기는 모습이었다.

"〈월간 이렉트〉를 직역하면 뭐지?"라고 유키코가 물었다.

"〈월간 발기〉"라고 내가 대답했다.

"그렇구나. 〈월간 발기〉란 말이지. 그건 그러네"라며 유키코가 성난 고양이처럼 한숨을 휴우 몰아쉬었다.

한동안 할 말을 잃은 나는 가게에서 흘러나오는 미국 어쿠스틱 포크 밴드의 노래를 듣고 있었다. '나에게 전부가 너에게도 전부라고 할 수는 없다' 분명 그런 내용의 가사였다.

"뭐, 그렇지만."

노래가 끝나기를 기다렸다는 듯이, 유키코가 내 눈을 똑바로 쳐다보며 마음을 바꾼 듯 입을 열었다.

"상관없잖아. 그게 뭐든."

이것이 유키코가 내린 결론이었다. 그리고 그것은 나의 결론과 같았다.

"안 그래? 야마자키는 편집자가 되고 싶다며?"라고 유키코가 물었다.

"응"이라며 내가 고개를 끄덕였다. 그리고 어렴풋하기만 했던 나의 진로가 오늘 하루 만에 상당히 확실해졌다는 사실에 조금 놀랐다.

"그럼 됐네. 책 내용이 뭐든 결국 마찬가지야. 제일 중요한 건 책 만드는 기술을 익힐 수 있냐는 거잖아? 지나치게 진지해서 영문도 모를 책보다는 훨씬 즐거울 거야. 분명 도움도 될 테고"라며 유키코는 왠지 무척 즐거운 듯이 웃었다.

"정말 괜찮아, 〈월간 발기〉라도?"

"어머, 난 정말 상관없어. 게다가 그 사와이 씨라는 분, 왠지 흥미롭지 않아? 무엇보다 네가 낯을 안 가렸다는 게 신기해."

그 말도 일리가 있다고 나는 생각했다.

"나에게 전부가 너에게도 전부라고 할 순 없으니까"라고 나는 혼잣말로 중얼거렸다.

"뭐, 아무튼 열심히 해봐."

내 말이 들렸는지 어떤지는 모르지만, 유키코는 그렇게 말하고 입을 꼭 다물었다.

유키코가 밝아서 나도 왠지 문인출판에서 나의 미래를 펼칠 수 있을 것 같은 기분이 들었다. 게다가 싫으면 언제든 그만두면 된다.

유키코가 내 얼굴로 바짝 다가오더니 작은 목소리로 이렇게 속삭였다.

"발기시켜서 팔아보지그래?"

따스한 봄볕이 책상 한구석을 비추고 있었다. 나는 멍한 사고 회로로 어제 한밤중에 십구 년 만에 난데없이 걸려온 유키코의 전화를 떠올리고 있었다.

이곳은 묘지의 해변 같은 곳이라 창가의 사와이 씨 책상에는 오후의 햇살이 쏟아지고 있었다. 사와이 씨의 큼지막한 책상과 수직으로 내 책상이 두 개, 그리고 오른쪽에 디자이너의 책상 한 개, 맞은편에 이가라시의 책상 두 개, 작가나 교정 담당자가 쓰는 책상 한 개가 ㄷ 자 모양으로 놓여 있었다. 그 일곱 개의 책상이 〈월간 이렉트〉 편집부의 거의 모든 것이었다.

내가 사용하는 책상 두 개는 교정쇄와 잡지, 날짜가 지난 신문들과 정리되지 않는 서류들로 꽉 들어차서 혼란스럽기 그지없었다.

맞은편에 있는 이가라시의 책상은 훨씬 심했다. 에로 잡지와 경마 잡지, 소년 만화로 토치카를 만들고, 그 속에 간신히 아주 옹색한 작업 공간을 확보해둔 상태였다. 바로 앞자리인 그와는 둘 다 책상에 있을 때라도 서로 얼굴을 볼 수 없다. 그건 그것대로 나 역시 편하긴 한데, 이따금 베를린 장벽이 붕괴하듯 더는 버틸 수 없게 된 잡지들이 눈사태처럼 무너져 내리는 데는 완전히 두 손 두 발 다 들었다.

나와 이가라시, 사와이 씨까지 대책 없는 골초라 불과 열 평 남짓한 편집부의 벽은 담뱃진으로 누렇게 변해 있었다. 옆에는 사무와 영업, 경리를 담당하는 방이 있는데, 사무원들이 편집부에 얼굴을 내미는 일은 거의 없다고 해도 과언이 아니다.

나는 책상에 다리를 걸치고 담배를 피우며 왼쪽 책상 한구석에 만들어진 양지쪽을 멍하니 바라보고 있었다. 담배 연기가 빛줄기 속을 가로지를 때 생기는 보랏빛이 아름다웠다.

쿨쿨 깊이 잠든 이가라시의 코 고는 소리가 울려 퍼졌다. 처음에는 짜증스러웠지만, 이제 그것도 완전히 익숙해졌다. 매일 두 시 무렵에나 출근하는 이가라시는 삼십 분쯤 후에는 어김없이 낮잠을 자기 시작한다. 그리고 그 잠은 대개 두 시간은 이어진다.

"아, 정말 시간이 간당간당해."

비명 같은 소리가 내 오른쪽 자리에서 이따금 들려왔다.

〈월간 이렉트〉의 디자인을 도맡고 있는 노구치 사나에가 인쇄소에 넘겨야 할 마감 시간과 아슬아슬한 공방전을 펼치고 있었다. 매달 벌어지는 일이지만, 교정 완료 시기가 되면 사나흘은 한숨도 못 자는 상태가 계속된다.

"야마자키 씨"라고 사나에가 불렀다.

"왜?"

나는 퍼뜩 정신을 차리며 대답했다.

"이 사진 좀 봐주세요. 위험하지 않을까요?"

그것은 별로 미인이라고 할 수 없는 모델이 다리를 쩍 벌리고 있는 사진이었다.

"보이죠, 성기?"라고 사나에가 물었다.

"어디, 어디?"

나는 루페(편집용 돋보기)를 들고, 라이트박스 안의 포지티브 필름을 살펴봤다. 끈 같은 속옷이 성기에 끼듯이 간신히 가리고는 있지만, 역시나 사나에의 말대로 한쪽 대음순이 삐져나와 있었다.

"곤란하겠는데"라고 내가 말했다.

"그렇지만 이 사진, 색감이랑 핀트, 게다가 모델 표정까지 좋잖아요."

"응. 그렇긴 하군."

"미친 척하고 그냥 가볼까요?"

"아냐, 잠깐만. 좀 미묘해."

"그렇지만 이 부분을 지우면, 카메라맨이 날 가만 안 둘 거예요."

"다른 건?"

"다카이 씨는 요즘 나이 탓인지 핀트가 영 안 맞아요. 입으로는 잘난 척만 하지만."

포지티브 필름을 한차례 훑어봤지만, 분명 사나에의 말대로 다른 사진은 모두 완성도가 떨어졌다.

나는 창가의 사와이 씨 책상으로 시선을 돌렸다. 그곳은 이

어수선한 편집부에서 유일하게 말끔하게 정돈된 자리였다. 사와이 씨는 없다. 그러나 내가 내리는 모든 판단의 책임은 사와이 씨가 져야 했다.

"난처하군." 내가 말했다.

"아무래도 그렇죠. 사와이 씨한테 폐를 끼칠 수도 없는 노릇이고"라고 사나에가 말을 받았다.

드르렁 쿠아악 푸후, 이가라시의 코 고는 소리가 절정에 다다랐다.

"할 수 없죠, 뭐. 다른 걸 찾아봐야지."

사나에가 포기한 듯 말한 후, 등을 동그랗게 말고 오백 장쯤 되는 포지티브 필름 사진을 루페로 한 장 한 장 꼼꼼히 살펴보기 시작했다.

자기 일에 집중하기 시작한 사나에를 곁눈으로 보며 나는 새 담배에 불을 붙이고 창가 쪽으로 몸을 돌렸다.

어젯밤에 유키코는 내게 과연 무슨 얘기를 하고 싶었을까.

"아야짱이 깼나 봐. 미안, 전화 그만 끊을게."

그 말과 함께 전화는 너무나 당돌하게 끊겨버렸다.

"으아아~악"하는 비명 소리가 내 앞에서 들려왔다. 나도 사나에도 전혀 놀라지 않았다. 이가라시는 잠에서 깨어날 때마다 늘 그렇게 소리를 지르기 때문이다. 빚쟁이나 어떤 여자에게 쫄리는 꿈을 꿔야만 그의 긴 낮잠이 끝나는 것이다.

시계는 오후 네 시 반을 가리키고 있었다.

"이가라시 씨"라고 사나에가 당장 이가라시를 불렀다. 딴에는 더없이 성실한 직장인인 양 짙은 남색 양복을 차려입은 이가라시가 성가시다는 듯이 사나에의 책상으로 다가갔다.

"이거 어때요?"

"사나에 부탁이니 어쩔 수 없지."

이가라시는 자못 은혜라도 베풀 듯이 말하더니, 사나에가 건네준 루페를 들고 포지티브 필름을 들여다봤다.

"아, 안 돼, 안 돼. 이건 소음순이 훤히 드러나잖아. 게다가 피부색이랑 확연히 달라. 요컨대 바로 성기로 간주된단 뜻이지. 이건 자칫하면 서류송검 감이야."

사진을 보면서 이가라시가 그 자리에서 바로 받아쳤다.

"그럼 이건요?"라며 사나에가 다른 후보 사진을 보여주었다.

"반응이 전혀 없어."

"그런가?"라며 사나에가 한숨을 내쉬었다.

"어디 보자, 내가 찾아보지"라며 이가라시가 루페로 필름을 들여다보기 시작했다. 그리고 채 이 분도 안 돼서 "이거야, 이걸로 결정"이라며 필름 한 장에 색연필로 표시를 했다. 그것은 이미 몇 시간째 필름을 노려보았던 사나에가 전혀 주목하지 않았던 한 장이었다.

"이거구나."

사나에가 감개무량한 듯이 말하더니, 의자에 다소곳하게 앉아 담뱃불을 붙였다.

편집자 주제에 책은 거의 안 읽고, 한자가 짧아서 교정도 안 보고, 점심때가 지나서야 편집부에 나타나 코나 요란하게 골아대는, 일다운 일은 전혀 안 하는 이가라시였지만 단 한 가지만은 누구도 흉내 낼 수 없는 특기가 있었다.

발기 나침반. 한마디로 표현하면 그렇다.

말인즉슨 이가라시에게 선정적인 사진이 곧 독자가 원하는 에로 사진인 것이다. 그 능력은 그가 과거에 몇백 장, 몇천 장씩 고른 사진들이 독자에게 압도적인 지지를 받은 전례로 이미 입증된 지 오래다.

그렇다 보니 사와이 씨도 이가라시의 실력을 어느 정도 인정해서 잔소리는 거의 하지 않았다. 이가라시는 그저 발기될 만한 사진만 골라주면, 그에게 지불하는 급료는 충분히 본전을 뽑는 셈이다.

"그럼, 난 커피 한잔하고 올게"라며 이가라시가 교정 마감에 임박한 편집부에서 씩씩하게 나가버렸다.

그다음 날, 즉 사와이 씨를 처음 만나고, "발기시켜서 팔아보지그래"라고 유키코가 귓속말을 속삭인 다음 날부터 나는 이곳에 앉아 '이것이야말로 최고의 자위 베스트 10'이니 '아름다운 아내가 절정에 이르는 그 순간' 같은 기사의 교정을 보게 되었다.

〈월간 이렉트〉의 편집자는 나를 포함해 세 명이었다.

사와이 편집장과 이가라시 부편집장과 나. 그 세 사람이 잡지를 만드는 데 필요한 모든 작업을 소화해냈다. 기획, 취재, 교정, 원고 작성은 물론이고, 레이아웃, 사진 선정, 대지 작업부터 카메라맨 사정이 여의치 않을 때는 사진 촬영에 이르기까지 닥치는 대로 셋이 모두 해내야 했다.

사와이 씨의 말대로 거기에는 책 만들기의 모든 과정이 있었다.

대학에서는 맛볼 수 없었던 확실한 보람을 느낄 수 있었다. 그것은 실전적이며 즉물적일지도 모르지만, 그래도 손바닥에 묵직하게 파고드는 기분 좋은 무게감이 있었다.

환락가를 이리저리 누비고, 모델의 허벅지에 분무기로 물을 뿌리고, 인쇄소에 무리한 요구를 밀어붙이고, 때로는 눈물을 흘리며 사창가 아가씨들의 상담 역할을 하는 등 바쁘게 사는 동안, 나는 어느새 대학을 그만두고 에로 잡지 만들기에 몰두해 갔다.

보다 선정적으로, 보다 세상에 도움이 되기 위해.

그로부터 십구 년의 세월이 흘렀다.

사와이 씨는 몇 번이나 병으로 쓰러졌고, 지금은 거의 죽음을 기다리는 상태로 입원해 있다.

이가라시는 오랫동안 함께 살았던 아내와 아이에게 버림받은 충격으로 최근에 책 두 권을 더 읽었다.

나는 지금 그 옛날 사와이 씨가 유리 탁자에 툭 던졌던 〈월간 이렉트〉의 편집 일을 맡고 있다.

그날 사와이 씨가 말한 대로 지금의 나는 어떤 의미에서는 편집자 중의 편집자가 됐는지도 모른다.

회사에서 나온 내가 니시오기쿠보에 있는 집으로 돌아갔을 때, 시계는 이미 새벽 두 시를 훌쩍 지나 있었다. 쿠와 모모에게 더할 나위 없는 열렬한 환영을 받으며 안으로 들어가 열대어 수조의 불을 켰다. 냉장고에서 캔맥주를 꺼내고, CD플레이어

스위치를 누르고, 나지막하게 「싱크러니시티(Synchronicity)」 전주가 흘러나오기 시작한 순간 전화가 울렸다.

그 전화만큼은 안 받을 수 없었다. 오늘은 수요일이라 출장 교정이 내일모레로 코앞에 닥친 상황이었다. 궁지에 몰린 사나에나 인쇄소에서 무슨 긴급한 연락을 할지 모르기 때문이다.

전화를 받자, "어제는 미안했어. 아야코가 갑자기 깨는 바람에"라는 유키코의 목소리가 들렸다.

"어어"라고 내가 대답했다.

"딱히 사과할 건 없는데."

그 말은 나의 진심이었다. 십구 년 만에 전화를 건 옛 애인이 어떤 이유였든 갑자기 전화를 끊었다고 해서 일일이 화를 낼 만한 정신적인 여유가 내게는 없었다. 모든 것을 잊고 전화가 울리기 전 상태로 돌아가려고 애쓸 뿐이다.

"야마자키, 하나도 안 변했네. 기분이 안 좋을 때는 늘 '딱히'라는 말부터 시작했잖아"라고 유키코가 기쁜 듯이 말했다.

나는 아무 말 없이 마일드세븐에 불을 붙이고, 수조로 눈길을 돌렸다. 폐로 흘러드는 연기, 그리고 수조의 불빛이 현실에서 뭔가를 도려낸 듯한 한순간의 안도감을 불어넣어 주었다. 연기를 뿜어내면 그것은 사라져가고, 형광등 스위치를 끄면 반짝이는 물빛과 초록빛 수초와 떼 지어 헤엄치는 테트라들의 원색

군무가 어둠 속으로 사라져버린다. 그러나 나는 지금 연기를 가슴 가득 들이마시고 있고, 수족관의 불빛에 감싸여 있다.

"주말인 토요일이나 일요일에 오랜만에 만날까?"라고 유키코가 물었다.

그리고 "둘이 스티커 사진 한 장만 찍고 싶어"라고 덧붙였다. 귓가에는 어젯밤과 마찬가지로 유리잔 속에서 얼음이 구르는 소리가 들렸다.

뜻밖의 제안에 내가 대답을 머뭇거리자, "이번 주에 못 만나면, 내가 다음에 전화하는 건 또 십구 년이 흐른 뒤일지도 모르거든"이라며 유키코가 재미있다는 듯 웃었다.

모모가 무릎 위로 뛰어올라 끙 하고 칭얼거렸다. 바닥에 납작 엎드려 있는 쿠가 얄밉다는 듯이 눈을 치뜨며 모모와 나를 올려다봤다.

실내는 어둡고 수조 불빛이 전부였다. 어둠 속에 떠오른 옅은 푸른빛의 공간. 투명한 물속을 통과한 어딘지 모르게 못 미더운 청순한 불빛만이 실내 전체를 하늘하늘 흔들었다.

"일요일도 일해?"라고 유키코가 물었다.

"아니, 이번 주말은 마감이 끝나서 쉬어."

"그럼 됐네."

"오케이"라고 내가 대답했다.

"야마자키, 여자 친구 있지?"

"으응."

"게다가 젊은 애지?"

"응."

"역시 내 예감이 맞았네, 젊은 애가 아니면 쿠니 모모니 하는
이름은 안 붙일 테니까."

눈을 치뜨고 뚫어져라 쳐다보는 쿠가 가엾어서 한 손으로 들
어서 무릎 위에 올려주었다. 쿠는 신이 나서 내 입 언저리를 핥
았다. 두 마리를 올려도 여전히 한 마리는 더 올릴 만한 공간이
남았다. 쿠와 모모는 그 정도로 작았다.

"여자 친구는 몇 살이야?"

"스물둘."

"우리 둘이 만나면 상처받을까?"

"일요일에 만나서 섹스할 건 아니잖아?"

"당연하지."

"할 거야?"

"안 해."

"나랑 유키코가 만나면 아야코짱이 상처받나?"

"딱히."

"그럼 됐어. 뭐, 하긴 일일이 보고하진 않겠지만, 우리 관계를

솔직히 얘기해도 충분히 이해할 거야."

"착하구나."

"으응, 착해."

"이름은? 괜찮으면 가르쳐줘."

"일곱 개의 바다, 나나미(七海)."

"이름이 멋지다."

쿠와 모모는 서로 몸을 포개듯이 하고 내 무릎 위에서 깊이 잠들어 있었다.

"으음 그럼, 지금은 그녀의 몇 번째 바다를 헤엄치고 있어?"

"아직 두 번째 정도일까. 하하."

"잘 해줘."

"응. 난 나름 꽤 잘한다고 하는데, 그녀는 좀처럼 그렇게 받아들이지 않을 때가 있더군."

"야마자키답다."

"역부족일까?"

"아니, 그건 아닐 거야. 언젠가는 야마자키를 이해할 날이 꼭 올 거야. 난 알아."

"그럼 다행이겠지만."

"그 아가씨는 네가 하는 일, 요컨대 에로 잡지 편집자라는 건 알아?"

"으음, 알지."

"뭐라고 얘기했어?"

"편집자라는 건 어쨌거나 일단은 독자에게 선정을 불러일으켜서 꼼짝 못하게 포로로 만들어놓고 책을 사게 하는 사람이다. 에로 잡지에는 책 만들기의 그런 정신이 집약되어 있다. 그러니 어떤 의미에서는 에로 잡지의 편집자야말로 편집자 중의 편집자다. 게다가 다른 무엇보다 영문도 모를 책을 만드는 것보다는 훨씬 즐겁고 쓸모 있다."

"아하하, 그랬더니 그녀가 납득해?"

"으응, 충분히 납득하던데."

그리고 유키코와 나는 일요일에 만날 장소와 대략적인 일정을 정했다. 식사를 같이 하는 건 나나미 씨에게 미안하니 그만두자고 유키코가 말했다. 호프집에서 맥주나 한잔하면서 옛날 얘기나 좀 나누다 게임센터에 가서 스티커 사진을 찍고 헤어지자.

물론 나에게 이견은 없었다.

"그리고"라고 유키코가 입을 열었다. 그러더니 웬일인지 평소답지 않게 뒷말을 머뭇거렸다.

얼음이 유리잔 속에서 두세 번 돌아갔고, 짧은 침묵이 찾아왔고, 그러고 나서야 유키코가 마음을 굳힌 듯이 입을 열었다.

"그쪽 회사에 이가라시 씨라는 사람 있지?"

나는 엉겁결에 마시고 있던 흑맥주를 내뿜을 뻔했다.

"미안해, 지금까지 말 안 해서."

"이가라시라니?"

"그 사람, 실은 나랑 아는 사이야. 최근 이삼 년은 못 만났지만. 요즘은 어때? 건강하게 잘 지내?"

"유키코랑 이가라시가 어떻게 서로 알지?"

나는 예상치도 못했던 유키코의 말에 상당히 동요되었다. 왜 그런지 그 순간, 대음순이 찍힌 사진을 미련 없이 취소시키고 본능적으로 다른 사진을 바로 골라내는 거침없는 그의 모습이 뇌리에 떠올랐다.

"으음, 그 얘기는 일요일에 만나면 해줄게. 내 질문에 먼저 대답해"라고 유키코가 차분한 말투로 얘기했다.

"그 녀석, 아내랑 아이가 도망치는 바람에 그 충격으로 최근에 책을 두 권이나 더 읽었어. 《도련님(나쓰메 소세키가 1906년에 발표한 일본의 대표 고전)》이랑 《우정》."

"《우정》이라면 무샤노코지 사네아쓰 작품?"

"그래."

"아내에게 버림받은 마흔여섯 살 남자가 《도련님》과 《우정》을 읽었다? 잘 모르겠다. 무슨 의미가 있을까, 아니면 단지 얇은 책이라 좋았던 걸까?"

"뭐, 그럴지도 모르지. 아무튼 그래서 평생 동안 읽은 책이 총 세 권이 됐지."

"어머, 엄청난 진보네"라며 유키코가 웃었다. 그리고 "응석받이 모모를 이틀 연속으로 외롭게 만들어서 미안하다고 전해줘. 그리고 어려운 이름의 괴수들과 당신 수조의 파일럿 피시에게도 안부 전해주고."

유키코는 어제와는 정반대로 정중하게 인사를 마치고 조용히 전화를 끊었다.

머리가 어질어질해서 나는 일단 무릎 위에 잠들어 있는 개 두 마리의 머리를 쓰다듬어보았다. 모모는 더할 나위 없을 만큼 편안하게 깊이 잠들어 있었다.

니시오기쿠보의 거리는 밤이 깊은 어둠 속에서 존재 자체를 감추려는 것 같았다. 창 너머에는 깊은 정적에 휩싸인 거리가 가로놓여 있고, 그 너머 저편에서는 신주쿠 고층 빌딩들의 붉은 불빛이 점멸하고 있었다. 그것은 흡사 거대한 빌딩들이 밤의 어둠에 녹아들어 조용히 호흡하는 것처럼 규칙적으로 깜박거렸다.

수조 안에서는 코리도라스들이 유치원 아이들처럼 천진난만하게 장난을 계속하고 있었다. 마치 손을 맞잡은 듯이 두 마리씩 짝을 지어 이리저리 헤엄쳐 다녔다. 그것은 어설프고 멋쩍지만 왠지 마음속에서 떠나지 않는 어린아이들의 놀이 같았다.

카디널테트라는 일사불란하게 무리지어 헤엄쳤다. 마치 삼백 마리가 하나의 생물을 연기하는 것처럼 보였다. 아니, 분명 그렇게 연기할 수밖에 없었을 것이다.

어젯밤 물갈이 덕분에 수조에 대량으로 투입된 신선한 산소가 수족관의 모든 생물들에게 활력을 불어넣어서 물속은 한가롭고 평화로운 활기가 넘쳐났다.

나는 열아홉 살부터 스물두 살까지 삼 년을 함께했던 유키코와의 만남과 이별을 떠올렸다.

그 시절의 두 사람은 젊어서 슬픔과 분노, 질투와 고독, 모멸과 증오 같은 유해물질을 분해하는 니트로소모나스도 니트로박터도 갖고 있지 못했다.

그렇다, 아야코의 수조 같은 시대였다.

질서정연한 바둑판 같은 삿포로 지역에서 나고 자란 내게는 난생처음 걸어보는 복잡한 도쿄 거리가 이해의 수준을 뛰어넘어 공포에 가까웠다.

대학에 입학한 지 반년쯤 지나, 나름 생활 리듬이 자리 잡혔다고 자각한 나는 일단 아르바이트를 해보려고 마음먹었다.

아르바이트 정보지를 사서 적당히 전화를 걸고 나가보기로 했다. 육체노동이든 웨이터든 유리창 청소든 헌책방 점원이든 직종은 뭐든 상관없었다. 어차피 아무것도 해본 적이 없으니 뭘 하든 마찬가지였고, 어떤 일이든 처음 체험하는 나에게는 재미 있을 것 같았다. 뭐가 됐든 몰랐던 분야를 알게 되는 셈이다.

희망으로 부푼 가슴을 안고 집을 나서서 전철을 갈아타며 아르바이트하는 곳을 찾아가던 나를 맨 처음 가로막은 것은 악몽 처럼 불합리한 도쿄의 오거리였다.

요요기 역에서 내린 후 순조롭게 걸어왔을 게 틀림없다. 그런데 나는 어느새 정보지의 간단한 지도에는 실려 있지 않았던 오거리를 맞닥뜨렸다.

한숨이 나왔다. 교통량과 수많은 사람들도 물론 놀라웠지만, 그 막대한 양의 자동차들과 사람들이 다섯 갈래 길 중에서 자기가 나아갈 길을 순식간에 선택하고, 그 속으로 빨려들듯 사라 져가는 광경에 무심코 넋을 잃고 말았다.

'뭐, 어쩔 수 없지'라고 나는 생각했다.

아무런 근거도 없이 그중 한 길을 선택했다. 삿포로에 살았을 때는 생각지도 못했던 말이 난데없는 현실로 나를 엄습했다.

방향치.

나는 이 도시에 와서 그 말의 진정한 의미를 알았다.

마침내 나는 완전히 길을 잃었고, 사람들에게 물어볼 기력조차 없이 그저 막연히 아르바이트하는 곳의 간판을 찾으며 계속 걸었다. 정신을 차려보니 어느새 오다큐 선의 산구바시 역 근처까지 와 있었다.

한 시간 가까이 헤매서 지칠 대로 지친 나는 오늘은 일단 이쯤에서 구직 활동을 접고, 찻집에서 커피나 한잔하기로 했다.

나는 그렇게 적당히 발길 닿는 대로 들어간 산구바시 역 근처의 찻집에서 유키코를 만났다.

아르바이트 장소가 표시된 간단한 지도를 펼치고 홀로 반성회의를 열고 있을 때, 나는 비스듬히 마주 앉은 아가씨가 울고 있는 것을 알아챘다.

"왜 그래?"

정신을 차려보니 스스로도 놀라울 정도로 갑자기, 그리고 더없이 자연스럽게 말을 건네고 있었다.

모르는 여자에게 말을 건네는 것은 난생처음 하는 체험이었고, 그것은 내 안에 가장 꺼리는 부끄러운 행위로 자리 매겨져 있었음에도 불구하고 말이다.

"아무것도 아니야"라고 말한 그녀가 사그라질 것 같은 옅은 미소를 지었다.

별다른 실마리도 없었기에 나는 일단 오늘의 실패담, 요컨대 내가 지금 이곳에 이렇게 앉아 있는 이유를 그녀에게 들려주었다.

그러자 그녀는 별로 귀찮아하는 기색도 없이 내 얘기를 들어주었다. 그리고 그녀는 내가 아르바이트를 하려고 했던 장소가 지도도 필요 없을 정도로 요요기 역 바로 옆에 있다고 가르쳐주었다.

"틀림없이 지도가 있어서 더 헤맸을 거야"라고 그녀가 말했다.

그리고 "내일은 괜찮을 거야, 틀림없이 잘 찾을 수 있어. 역 출구만 안 틀리면"이라며 나에게 용기를 북돋아 주었다.

찻집은 붐볐고, 웅성거리는 가게 안에는 로드 스튜어트의 허스키한 목소리로 느린 발라드가 흐르고 있었다. '아이 돈트 원트 투 토크 어바웃 잇(I Don't Want to Talk about It)'이라는 제목의 감미롭고 아름다운 선율의 곡이었다.

"그런데 그쪽은?"

"그게 좀 울적한 얘기라서"라며 그녀가 눈을 내리깔았다.

그녀가 앉아 있는 자리는 창가라 내 위치에서는 역광이었다. 청결한 가을빛을 배경으로 잘 찍힌 흑백사진의 침울한 피사체처럼 그녀는 조용히 앉아 있었다.

"나랑 친한 친구 중에 이쓰코라는 애가 있어"라고 그녀가 빛의 웅덩이 속에서 입을 열었다.

"이쓰코?"

"응. 그 애는 예쁘고 붙임성도 좋아서 인기가 많은데, 조금 특이한 구석이 있어"라고 말한 그녀는 입매가 얇고 아름다운 입술을 깨물더니, 잠시 머뭇거리는 모습을 보였다.

창밖으로 시선을 돌린 그녀가 마치 그 앞에 보이는 풍경에 얘기하듯 말을 이었다.

"친구의 남자 친구랑 금방 자버려."

그것은 망설임을 떨쳐내는 것 같은 약간 큰 목소리였다.

"흐—음."

나는 놀라움을 들키지 않게 주의하며 고개를 끄덕였다.

"그래서"라며 그녀가 머리를 가볍게 쓸어 올렸다.

"내 남자 친구랑도 잔 것 같아."

"그래서 울고 있었구나."

"왠지 비참해서."

"그야 그럴 테지."

"내가 바보 같아. 난 정말로 이쓰코를 소중히 여겼어. 친구랑 말썽이 생겼을 때도 늘 그 애 편을 들어줬는데."

그쯤에서 대화가 끊겼다.

나는 미지근해진 커피를 한 모금 마셨다.

조용한 대화가 조금씩 쌓여가는 듯한 편안한 웅성거림 속에서 「아이 돈트 원트 투 토크 어바웃 잇」은 엔딩에 가까워져 있었다.

그녀의 긴 속눈썹 사이에서 순식간에 눈물이 그렁거리더니 이윽고 흘러넘쳤다.

어쨌든 무슨 얘기든 해야 한다고 나는 생각했다. 먹음직스러운 곤충을 앞에 둔 카멜레온의 눈처럼 내 머릿속은 눈치채지 못하도록 주의 깊게 각도를 바꿔가며 맹렬히 돌아갔다.

나는 어제 갓 읽은 얘기를 떠올리고, 그녀에게 들려주기로 했다. 그러나 그것은 영어로 요약한 해설문인 데다 사전도 안 찾고 읽어서 내용이 틀릴지도 모른다는 주석을 붙였다.

그것은 스웨덴의 4인조 록 밴드 이야기였다. 남자 둘, 여자 둘 두 커플로 구성된 그 밴드는 팀워크도 좋았고, 음악적으로나 경제적으로나 모두가 부러워할 만한 성공을 거두었다. 그들은 드디어 스웨덴을 넘어 유럽을 넘어 세계적으로 명성을 떨치는 수준으로까지 성장해갔다. 그런데 세계 제패를 이뤄가던 무렵에 네 사람 사이에 이변이 일어나기 시작했다. 보컬을 맡고 있던 여자가 다른 여자의 애인을 가로채서 두 남자를 동시에 사귀기 시작해버린 것이다. 네 명의 그룹 중에서 애인을 가로채인 여자 혼자만 완전히 고립되어버렸다. 자기 애인이었던 남자와 그를 가로챈 친구와 그녀의 애인, 그 세 사람에게 둘러싸여 월드투어를 계속할 수밖에 없는 비참한 상황에 처하고 말았다. 그녀는 당연히 투어에 참가하고 싶지 않았을 테지만, 스웨덴 국내에서는 볼보에 버금간다는 평가를 받을 만큼 막대한 외화를 벌어들이다 보니 그들은 이미 거대한 기업 같은 존재였다. 그러니 그녀 한 사람의 의지로는 이러지도 저러지도 못하는 상황이었다. 때문에 그녀는 찢어질 듯이 아픈 가슴과 고독감과 굴욕감을 안고도 그것을 견뎌내며 월드투어를 계속해야 했고, 그런 심경을 잇달아 가사로 엮어냈다. 그녀가 그 슬픔을 노래에 담고, 그 노래를 자기 애인을 가로챈 보컬이 부르는 이상한 상황이 이어졌다. 게다가 그 노래들은 잇달아 세계적으로 큰 성공을 거뒀다.

그녀는 유리잔에 담긴 아이스티를 이따금 빨대로 휘저으며 조용히 내 얘기를 들었다.

"어떻게 생각해?"

"가슴 아픈 얘기네."

"그래서 말인데, 난 그 글을 읽고 과연 정말로 행복해진 사람은 누구일까 생각했어."

"애인을 가로챈 보컬과 노래를 만든 사람 중에서?"

"그래. 정말 하나같이 투명하고 섬세한 아름다운 노래들이야. 분명 오래도록 살아남을 만한 명곡들이지."

휴우 하고 그녀가 나지막이 한숨을 내쉬었다. 그리고 그 뒤로 입을 다물어버렸다.

나도 왠지 태엽이 다 풀린 양철 장난감처럼 녹초가 되어서 입을 다물었다.

그녀가 아무 말 없이 창밖만 멍하니 내다봐서 나도 자연스럽게 밖을 바라보았다. 거기에는 내가 처음 체험하는, 전혀 가을답지 않은 도쿄의 가을 풍경이 펼쳐져 있었다.

북쪽 지방의 가을처럼 이제부터 길고 혹독한 겨울을 향해 다가가는 묵직함은 조금도 없었고, 오히려 길고 혹독했던 여름 더위에서 해방되어가는 듯한 상쾌한 광경이 펼쳐져 있었다.

삼십 분쯤 침묵이 흐른 후, 그녀가 갑자기 자리에서 일어섰다.

"난 이제 시모키타자와로 갈 건데, 넌 어느 쪽이야?"

"세이부신주쿠 선의 도리쓰카세이."

"그럼, 신주쿠를 경유하겠네. 산구바시 역까지 같이 걸어갈래?"

"데려다주려고?"

"안 그러면, 이번에는 네가 시부야나 어느 다른 지역 찻집에 들어가는 신세가 될 것 같은데."

두 사람은 찻집에서 나와 터덜터덜 산구바시 역까지 걸어갔고 개찰구에서 헤어졌다.

나는 신주쿠행 전철을 타는 앞쪽 플랫폼으로, 그녀는 계단을 올라가 구름다리를 건너서 선로를 사이에 둔 맞은편 플랫폼으로 내려갔다.

양쪽 플랫폼에는 전철을 기다리는 사람들이 있었고, 대수롭지 않은 대화를 나누거나 무료한 듯이 담배를 피우고 있었다. 철 지난 민들레가 선들선들한 바람결에 흔들리고 있었다.

그녀는 옅은 레몬색 반소매 원피스에 얇은 흰 카디건을 걸치고, 거의 나의 정면인 맞은편 선로에 서 있었다.

이윽고 플랫폼으로 신주쿠행과 무코가오카유엔행 보통전철이 동시에 미끄러져 들어왔다. 전철 두 대에 가로막혀 그녀의 모습이 보이지 않았다.

드문드문 전철에서 내리는 사람, 천천히 올라타는 사람. 대도시 한복판의 역이라고는 여겨지지 않을 만큼 그 모든 게 한가로웠다.

왜 그랬는지 모르지만, 나는 전철에 올라타려다 문득 걸음을 멈췄다. 전철 한 대를 그냥 보내기로 마음먹었다.

쉬익 하는 증기 빠지는 소리와 함께 문이 닫혔고, 이윽고 전철 두 대가 조용히 반대 방향으로 움직이기 시작했다.

전철이 빠져나가고 다시 조용해진 뒤, 나는 멍하니 선로 맞은편으로 시선을 던졌다.

거기에 이미 전철에 탔어야 할 그녀가 서 있었다. 얇은 입술을 꼭 다물고, 눈빛으로는 '아이, 정말 못 말려'라는 듯이 웃고 있었다.

"야~, 거기 너!"

그녀가 두 손을 메가폰처럼 입에 갖다 대더니, 맞은편 플랫폼에서 놀라울 정도로 큰 소리로 나를 향해 소리쳤다.

"내 이름은 가와카미 유키코야."

내가 손을 귀에 갖다 댔다.

"전화번호는 ──. 잘 기억해둬. 잊지 말고 전화해."

그녀의 맑고 큰 목소리가 사람들이 사라진 플랫폼에 울려 퍼졌다.

"어, 그래"라고 나도 소리쳤다.

"그리고 여자를 처음 만났을 때는 이름 정도는 묻는 게 예의야. 오늘은 정말 고마웠어, 삼십 분씩이나 아무 말 없는데도 같이 있어줘서."

그녀의 새된 목소리 하나하나가 내 귀로 파고들며 가슴속에서 메아리쳤다.

"그리고 또, 대부분의 여자의 행복은 보컬 쪽이야. 네 얘기는 전혀 위로가 안 됐어. 그렇지만 정말 고마워. 그럼, 잘 가. 네 이름은 전화로 알려줘. 방향치 군!"

그 말만 남기고, 그녀는 플랫폼 끝으로 걸어가 버렸다.

방향치 군이라.

그것도 나쁘진 않은데, 라고 나는 생각했다. 악몽처럼 불합리했던 그 오거리가 나를 여기로 이끌어줬다고 볼 수도 있을 테니까.

이쪽 플랫폼에서는 여전히 가을 민들레가 한가롭게 바람에 흔들리고 있었다.

다음에 울린 전화벨 소리는 좀처럼 끊이지 않았다. 시계는 새벽 세 시를 가리키고 있었다. 쿠와 모모는 이미 개집에 들어가 서로 몸을 포개듯 사이좋게 잠들어 있었다. 악몽에라도 시달리는지 모모가 갑자기 작은 비명을 질렀다. 그때마다 쿠가 모모의 몸을 핥아주었다.

나는 몇 개째인지 모를 캔맥주를 냉장고에서 꺼내다 수조를 바라보며 이틀 연속으로 걸려온 유키코의 전화에 관해 생각하는 중이었다.

"잤나?"

십여 번째 벨소리에 수화기를 들자, 모리모토가 조용한 목소리로 물었다.

"아냐, 안 잤어."

"지금 통화 괜찮아?"라고 모리모토가 내게 물었다. 모리모토가 전화를 걸어서 내 상황을 배려하는 말을 한 적이 지금껏 단한 번도 없었기에 나는 적잖이 놀랐다.

"나, 지금 금주 중이야. 고베 병원에서 술을 또 마시면 반드시 죽는다는 선고를 받았거든."

모리모토의 목소리는 가라앉아 있었다.

나는 실내에 흐르는 폴리스의 CD를 껐다. 의식에 닿을까 말까 한 그 소리조차 방해로 느껴질 정도로 모리모토의 목소리에는 힘이 없었다.

"그래서 술을 끊었지. 그랬더니 이번에는 지독한 우울증 상태에 빠져버리더군. 지금 입원 중이야. 이건 병원 공중전화고."

내 머릿속에 큰 병원의 길고 어두운 복도가 떠올랐다. 누군가 찰싹찰싹 울려대는 슬리퍼 소리의 이미지가 그 뒤를 이었다.

"전에 너한테 얘기했던 것 같은데, 교통사고인가 뭔가로 꼬리가 잘려나간 하얀 개가 그 잘린 꼬리의 이미지를 쫓아서 팽이처럼 뱅글뱅글 도는 장면을 본 적이 있어. 잃어버린 꼬리가 아픈 건지 아니면 가려운 건지, 아무튼 거기 있었을 꼬리의 잔상을 쫓아 죽어라 도는 거라."

"그 얘기는 기억나."

"제아무리 속도를 올려도 두 번 다시 잡을 순 없지. 그야 당연하잖아. 그러면 그럴수록 도망치는 잔상도 가속이 붙을 테니까."

"그야 그렇지."

"그 후로 내 머릿속에는 꼬리 없는 하얀 개 한 마리가 들어앉았어. 언제 어디서 뭘 하든 머릿속 한구석에서 그 개가 계속 빙빙 도는 거야. 과거의 기억과 영상이 이렇게 선명하게 존재하는 것일 줄 난 상상조차 못 했어. 분명 끊임없이 빙글빙글 맴도는 그 개는 나 자신의 모습이겠지."

"이봐, 모리모토"라고 내가 불렀다.

"어?"

"난 실은 네 전화를 받을 때마다 하는 생각이 있어."

"뭔데?"

"으음, 너나 나나 그리고 아마 누구나 그렇겠지만, 고등학교 시절부터 꽤 멋대로 지껄이고 행동했잖아. 남을 공격할 때도 있었고, 상처를 입힌 적도 있겠지. 나에게 유일하게 중요한 것은 감성이고, 그 감성이 내키는 대로 살아가면 그만이라고 굳게 믿었지. 젊은 시절에는 그래도 상관없었고. 그런데 나도 언제부터인가 그렇게 살고 있는 혹은 살아온 나 자신에게 왠지 모를 불편함을 느끼기 시작했지."

어느 날 문득 내가 그것을 깨달은 것은 신주쿠에 있는 술집에서였다. 지금으로부터 몇 년 전 일인 듯한데, 나는 동료 편집자 몇 명과 술을 마시고 있었다. 그런데 우리 바로 옆자리에서 젊은이들끼리 서로 욕설을 퍼붓기 시작했다. 신주쿠에서는 일상다반사로 접하는 광경이라 아무도 신경 쓰지 않았지만, 옆에서 그들의 얘기를 듣고 있던 나는 별안간 끔찍한 불안과 위험을 느끼고 말았다.

가차 없는 말로 친구를 비판하는 젊은이의 얼굴을 바라보았다. 그리고 진심으로 그만했으면 좋겠다고 생각했다. 그런 느낌은 난생처음이었다.

그 비판의 말은 이십 년 후까지 잊히지 않고 자기 안에 계속 남아 있을 게 틀림없다. 그리고 어느 날 갑자기 자기를 괴롭히기 시작한다. 그러니 그만하는 게 좋다. 이제 정말 그 이상은 안 하는 게 좋다. 지금은 젊은 혈기로 무슨 말을 해도 용서받을지 모르지만, 그 말은 확실하게 이십 년 후의 자기 안에도, 혈기가 점점 사그라지는 자기 안에도, 놀라울 정도로 선명하게 계속 살아남을 테니까.

"그래. 젊을 때는 그 모든 게 세월과 함께 깨끗이 사라질 거라고 착각했지"라고 내가 말했다.

"그랬지. 그러나 기억은 생각만큼 쉽게 지워지지 않아"라고 모리모토가 신음하듯 대꾸했다.

"감성의 집합체였을 내가 언제부터인가 기억의 집합체가 되고 말았어. 그게 뭐라 표현하기 힘들 만큼 불편하게 느껴지기 시작했지. 지금 내게 있는 감성도 실은 과거의 감성적 기억의 집합이지 않나 싶어서 무서워질 때도 있고."

"감성적 기억의 집합체라."

모리모토는 병원의 어스름한 복도 한 귀퉁이에 설치된 공중전화에 기대듯이 서서 내 얘기에 귀를 기울이고 있을까. 파자마 차림의 모리모토를 상상하자, 가슴이 먹먹해졌다.

"인간이 감성의 집합체에서 기억의 집합체로 옮겨 가는 시기, 그건 어쩌면 우리 같은 사십대 무렵이겠다 싶더군. 어쩌면 서른 무렵부터 서서히 시작됐을지도 모르지만 말이야. 아마도 모리모토 네가 잘못 짚은 것은 그 기억을 쫓고 추격해서 그것과 대치하려고 드는 생각이 아닐까. 그렇지만 제아무리 술을 마시고 뭘 어쩐다 한들 기억은 사라지지 않을뿐더러 싸울 수도 없어. 계속 빙빙 맴도는 개처럼 영원히 꼬리를 무는 건 불가능하고, 그것은 그저 소모를 의미할 뿐이야. 이미 저질러버린 짓은 저지른 짓이고, 내뱉어 버린 말은 내뱉은 말이지."

"기억과는 싸울 수 없다?"

"그래. 기억은 자기 자신의 일부고, 우리는 좋든 싫든 기억과 함께 살아가니까."

수화기 너머에서 별안간 모리모토의 흐느낌 소리가 들려왔다. 그것은 내 귀에는 '히익, 히익, 히익' 하는 소리처럼 들렸다.

"모리모토?"라고 내가 불렀다.

모리모토는 아무 말도 하지 않았다. 흐느껴 우는 그 소리 뒤로 거대한 암흑이 가로놓여 있는 것 같아서 나도 모르게 몸서리가 쳐졌다. 그것은 모리모토의 뒤에서 그의 존재 자체를 빨아들이려 하는지도 모른다. 이윽고 흐느낌 소리가 잦아들고, 전화에서는 아무 소리도 들리지 않았다. 그러나 전화는 연결되어 있었고, 수화기 너머에 모리모토가 엄연히 존재하는 상태가 몇 분인가 이어졌다.

"모리모토, 모리모토?"라고 내가 몇 번이나 불렀지만, 대답은 없고 암흑 같은 침묵만이 수화기 끝에 있었다.

박테리아가 포화된 상태의 수조에 포르말린을 투여하듯이, 모리모토는 자기의 뇌에 알코올을 계속 들이부었는지도 모른다. 그러나 투여하는 양이 잘못되면 박테리아 수가 너무 많이 줄어서 수조는 순식간에 균형을 잃고 붕괴되어버린다.

나는 지금 모리모토가 싸우고 있는 그의 뒤에 가로놓인 거대한 어둠을 떠올렸다. 붕괴되어가는 자기의 생태계를 바로잡으려고 몸부림치는 모리모토의 싸움을 떠올렸다. 그리고 그가 그 싸움에서 이기고, 기억과 공존하는 방법을 찾아내서 그것과 함께 살아갈 수 있는 날이 오기를 간절히 기원했다.

별안간 찰칵 하는 소리와 함께 전화가 끊겼다. 그 후로 나는 한참 동안 전화를 기다렸지만, 전화벨은 두 번 다시 울리지 않았다.

전혀 가을답지 않은 도쿄의 가을은 그럼에도 조금씩 깊어갔다.

나의 캠퍼스 거부 반응은 날이 갈수록 끝없이 고조되어갔고, 그것은 거의 공포증이라 해도 좋을 만큼 팽창하고 말았다.

그녀를 우연히 산구바시 역 근처 찻집에서 만난 다음 날, 나는 그녀 말대로 요요기 역의 개찰구에서 나와 무사히 회사에 도착할 수 있었지만, 접수처에서 아르바이트 자리가 어제로 마감되었다는 말을 듣고 말았다. 나의 어디에 어떤 결함이 있는지 잘 모르겠지만, 그 후 봤던 아르바이트 면접 결과는 전부라고 해도 좋을 만큼 달갑지 않았다.

나는 매일같이 아르바이트 잡지를 뒤적이고, 간단한 지도에 의지해 도쿄를 이리저리 방황하며 걸어 다녔지만, 좀처럼 일자리를 구할 수가 없었다.

한 달쯤 그런 상태로 지냈다. 학교는 안 가고, 아르바이트를 구하기 위해 낮 동안 몇 시간씩 소모적인 도쿄 산책으로 시간을 허비했다. 그런 일상을 반복하는 사이, 될 대로 되라는 식의 허무감 같은 것이 마음속에 자리 잡고 말았다. 그것은 결핵으로 생긴 폐의 공동(空洞) 같은 것일지도 모른다.

모리모토는 바이러스성 간염에 걸려서 삿포로로 귀향했다. 약 반년 정도 입원과 요양이 필요하다고 했다.

모리모토가 사라진 후, 그제야 도쿄에 친구가 단 한 명도 없다는 사실을 알아차린 나는 몹시 당황스러웠다. 그렇다고 누구든 친구가 되어달라고 쓴 현수막을 들고 학교에 갈 마음은 전혀 없었다.

나는 도리쓰카세이의 자취방에 틀어박혔다.

매일매일 책을 읽으며 지내기로 했다. 아침이고 낮이고 밤이고 헌책방에서 적당히 사 온 책들을 닥치는 대로 읽어나갔다. 식사는 고향에서 송금해준 날 대량으로 사다 둔 인스턴트 라면이 거의 대부분이었다. 그 두 가지만 갖춰지면, 아무런 부자유도 따분함도 느껴지지 않았다. 적어도 처음 삼 주 정도는.

전화는 아무한테도 오지 않았다. 사회라는 것이 나에게 얼마나 볼일이 없는지, 침묵하는 전화기가 뼈저리게 실감하게 해주었다.

세 평 남짓한 방에 밤낮으로 깔아둔 이부자리 위에서 책을 읽는 생활. 텔레비전도 라디오도 없었다. 망가지기 직전인 카세트 리코더에서는 삿포로에서 가져온 카세트테이프 몇 개에서 노래가 계속 흘러나왔다. 대부분은 레드 제플린(Led Zeppelin, 영국 록 그룹)의 납처럼 무겁고 어두운 브리티시 록(British rock)이었다. 그 밖에는 폴리스 한 개가 있었을 뿐이다.

"이거 좋으니까 들어봐"라며 모리모토가 두고 간 것이다.

하루에 책을 세 권이고 네 권이고 읽었다. 달리 할 일이 없었기 때문이다. 집 근처 헌책방에서 거의 거저나 다름없이 파는 책들뿐이었다. 요리책이든 SF든 철학책이든 시대소설이든, 장르는 뭐든 상관없었다. 중요한 것은 단 하나, 거저나 다름없는 싼 책이라는 것뿐이었다.

그런 생활이 두 달이나 계속되자, 조금씩이긴 하지만 정신 상태가 확실하게 불안정해졌다. 하루 두 끼뿐인 인스턴트 라면으로는 열아홉 살 인간이 보충해야 할 영양이 충분히 채워질 리 없었다. 아마도 가벼운 영양실조 비슷한 상태였을 텐데, 그로 말미암아 끊임없이 현기증에 시달렸다.

나는 강바닥에 드러누워 바깥세상을 바라보았다. 그런 착각도 환상도 아닌 감각에 사로잡히기 시작했다. 그 놀라울 정도로 투명한 강바닥에서는 빛도 느껴지고, 푸른 나무와 청명한 하늘도 볼 수 있었다. 그리고 강 위를 가로지르듯 날아가는 새도 보였다. 그곳은 얕은 여울이라 손을 뻗으면 닿을지도 모른다. 그러나 졸졸 흘러가는 그 물결 속에 머무르고 싶었다. 그냥 여기에 드러누워 아름다운 하늘과 부옇게 보이는 태양과 강 표면에서 반짝이는 빛을 바라보고 싶었다. 시간만 그 물결처럼 머물지 않고 흘러가 준다면 ……

그 무렵부터 나는 책을 읽는 일조차 그만두었다. 카세트도 듣지 않았다. 그저 하루 두 번 아무리 내키지 않아도 인스턴트 라면만은 꼭 챙겨 먹었다.

마침내 나에게 결정적이라고 할 수 있는 사건이 발생했다. 그것은 삿포로의 어머니가 보낸 한 장의 엽서로 야기되었다.

"건강하게 잘 지내고 있으리라 믿는다.

네가 혹여 충격을 받을까 가엾어서 아직 하지 못한 말이 있단다. 톰이 4월에 죽었어. 아침에 일어나서 밥을 주려고 가보니 늘 있던 벚나무 밑에 자는 듯이 죽어 있더구나. 조금 늦었지만, 그 소식을 알린다.

힘내서 열심히 공부하렴."

톰은 초등학생 때부터 내가 키워온 잡종 개의 이름이다. 어머니가 보낸 엽서는 그 개가 이미 반년 전에 죽었다는 사실을 내게 알리는 내용이었다.

그것은 어머니의 걱정대로 내게는 이루 말할 수 없는 충격이었다.

톰이 죽었다는 사실이 충격이었던 게 아니다. 그게 아니라, 그 엽서를 읽을 때까지 내 안에 확실하게 살아 있던 톰은 대체 무엇이었나 하는 의미에서의 충격이었다. 반년이나 전에 죽은 톰은, 그 사실을 몰랐다는 것만으로, 내게는 살아 있는 톰으로 느껴지고 떠올려졌고 같이 놀아주고 싶어지는 대상이었다. 적어도 최근 반년 동안, 나는 분명 살아 있는 톰과 함께했다.

그날 나는 한참 동안 지독한 현기증에 시달렸다. 그것은 영양실조 때문이 아니라, 살아 있다는 것 혹은 존재 자체의 모호함에서 비롯된 막연한 공포감 때문이었다.

나는 강바닥 깊숙이 가라앉았다.

그곳에서 하늘하늘 흔들리는 바깥 풍경을 바라보고 있었다. 밤이나 낮이나 방의 전깃불은 계속 켜둔 상태였다. 강바닥에 가라앉아 있는 내게는 그것이 태양이었다. 하늘은 넓고, 새들은 이리저리 오락가락하고, 나비는 춤을 추며 날아다녔다. 강물은 흘러가고 물고기는 화살처럼 쏜살같이 헤엄쳤다. 나는 이거면

됐다 싶은 생각이 들었다. 도리쓰카세이에 있는 원룸 아파트, 밤낮으로 깔아둔 이부자리 위에 뒹굴며 이토록 아름다운 경치를, 하늘거리는 현실을 계속 지켜볼 수 있다. 이제는 분명 손을 뻗어도 닿지 않을지 모른다. 나는 이곳에 너무 오래 머물러서 자기도 모르는 새에 깊고 깊은 곳으로 빠져버렸을지도 모른다.

그 증거로 저토록 많은 새들이 날아다니건만 지저귐 하나도, 그 어떤 소리도 들리지 않고, 바람조차 못 느끼지 않는가.

고독하다는 생각이 들었다.

그런 생각은 분명 난생처음이었다. 이게 바로 고독이라는 걸까 하고 생각했다. 뭐, 그래도 상관없다, 이대로 강바닥에 드러누워 오로지 시간이 흘러가기만 기다리자.

그런 적은 한 번도 없었는데, 강바닥에 누워 있던 나는 갑자기 숨이 갑갑해지는 느낌을 받았다. 이건 뭐지, 왜 이러는 걸까, 왜 이리 숨이 갑갑할까. 난 이제 틀린 걸까. 필시 심각한 노이로제 같은 거겠지. 벌써 몇 달째 다른 사람과 얘기를 나누지 않았다. 이대로 숨이 멎어버리는 걸까. 그래도 어쩔 순 없겠지.

나는 정말로 숨을 쉴 수 없게 되어 가슴을 쥐어뜯으며 발버둥을 쳤다. 이제 한계라는 느낌이 들었을 때, 열 번에 한 번 정도만 겨우겨우 희미한 숨을 쉴 수 있었다. 그토록 맑고 투명한 빛으로 흔들렸던 강 표면이 언제 봐도 어두웠다. 새도 푸른 나무도 보이지 않고, 그저 희미한 광원의 존재만 가까스로 느낄 수 있었다.

그때 강물 밖으로 한 여자의 모습이 비쳤다. 옅은 레몬색 원피스에 하얀 카디건을 걸치고 있었다. 그녀가 온몸의 힘을 짜내듯이 나를 향해 외치고 있었다.

"내 이름은 가와카미 유키코야."

그 목소리는 강바닥에까지 선명하게 울려 퍼졌다.

"전화번호는 ——."

벌써 세 달이나 지난 일인데도 마치 비디오 영상처럼 그대로 되살아났다.

눈물이 흘러내렸다.

나를 불러주는 사람이 있다.

눈물이 또다시 흘러넘쳤고, 나는 결국 소리 내어 울고 말았다. 도저히 참을 수 없어서 오열을 터뜨렸고 온몸을 떨면서 하염없이 울 수밖에 없었다.

"여보세요?"라고 그녀가 말했다.

"여보세요"라고 나도 말했다. 그 목소리도 수화기를 든 손도 한심할 정도로 부들부들 떨렸다.

"가와카미 유키코 씨인가요?"라고 내가 물었다.

"누구시죠?"

"저어, 삼 개월 전쯤에 산구바시 찻집에서 만났던 ……. 아르바이트 장소를 못 찾고 헤맸던 사람입니다. 이미 잊었나요?"

"아아. 그때 만났던 방향치구나."

긴장했던 그녀의 목소리가 조금 부드러워졌다.

나는 그녀에게 지금 내가 처한 상황을 최대한 정확하게 설명했다. 고독이라는 강바닥에 드러누워 점점 숨을 쉴 수 없게 되어가고 있다. 분명 가벼운 노이로제나 신경증일 테지만, 아무튼 매우 심각한 상태고, 게다가 누구 한 사람 얘기할 상대도 상담할 사람도 떠오르지 않아서 이렇게 너에게 전화를 걸었다. 이런 부탁을 할 만한 관계가 아니라는 것은 충분히 알고 있고, 귀찮다고 하면 바로 전화를 끊을 테니 잠깐만 내 얘기 상대가 되어줄 수 있겠냐고.

"좋아"라고 그녀가 말했다.

나는 누구와도 대화를 나누지 못한 최근 몇 달간의 울분을 씻어내듯 하염없이 떠들어댔다. 한 시간이 지나고, 두 시간이 지날 동안 그녀는 거의 아무 말도 않고 그저 "으응" "아하"라고 간단한 맞장구만 쳐줬을 뿐이다. 그리고 세 시간이 지나고, 네 시간이 지나가고 있었다.

"으음, 있잖아"라고 그녀가 말했다.

"응?"

"벌써 새벽 두 시야. 아직도 할 얘기가 더 남았어?"

"앗, 벌써 시간이 그렇게 됐나."

"응. 시간은 괜찮아. 그래서 네 마음이 풀린다면 난 상관없어. 네 얘기는 나름 재미있고 지루하지도 않아. 다만, 귓불이 좀 납작해졌을 뿐이야."

"그렇구나. 그럴 테지."

"오늘은 이 정도로 봐줘. 다만, 한 가지 확실하게 말할 수 있는 건 넌 역시 방향치라는 거야. 여러 면에서 방향치야. 그러니 남보다 몇 배나 길을 헤매는 결과가 나오는 거겠지, 틀림없어. 그래서 지금은 지칠 대로 지쳤을 거야. 이제 강바닥에는 그만 누워 있고, 일단 현실 속에서 누워 있는 게 좋겠어. 그러고 그냥 아무 생각 없이 자는 거야. 그냥 하염없이 자는 거지. 지금 네가 무슨 생각을 하든 보나마나 그건 다 미로야. 그 속을 아무리 걸어도 단지 피곤할 뿐이고, 아무 데도 도달할 수 없겠지, 틀림없어. 한 번쯤 다시 요요기 역으로 돌아가야 해, 그리고 출구를 확인할 것. 그러면 목적지는 의외로 쉽게 찾을 수 있을 거야."

마지막으로 그녀는 내 이름과 전화번호와 주소를 정확하게 가르쳐달라고 말했다. 나는 그제야 비로소 내 이름조차 그녀에게 밝히지 않았다는 것을 알았고, 그 바람에 또다시 강바닥으로 돌아가고픈 심정이었다.

어쨌든 나는 그녀가 시키는 대로 하기로 했다. 전화를 끊고 이부자리에 눕자, 호흡이 많이 편안해졌다. 그리고 내가 지금 있는 장소가 분명한 현실처럼 느껴졌다. 그것은 참으로 신기한 감각이었다. 마비되었던 뇌에 피가 조금씩 돌아가는 감각이 들었다. 흐르는 피는 따뜻해서, 플라스틱 관처럼 굳어 있던 혈관을 조금씩 완화시키고 확장시키며 몇 겹이고 거듭 통과해갔다.

"최근 반년 동안 톰은 정말로 죽었던 걸까?"

의식 저편에서 몇 번이나 그런 속삭임이 들려왔다. 알 수 없다, 지금은 알 수 없다, 그래도 상관없지 않은가. 어쨌든 지금은 그녀가 시키는 대로 하자.

요요기 역으로 돌아가고, 그리고 그냥 자는 것이다.

며칠 동안 잤는지 모른다. 아니, 잤다기보다 오히려 의식을 잃은 듯한 상태였다.

작은 곤충이 생명의 공포를 느끼면 몸을 동그랗게 말고 가사

상태에 빠져들듯이, 나는 고독이라는 공포감에서 도망치기 위해 똑같은 행위를 하고 있었을지도 모른다.

새소리가 들리는 것 같았다. 바람이 느껴지는 것 같았다. 무의식과 수면 중간쯤에 위치하는 깊고 깊은 잠에서 눈을 뜨자, 그녀가 내 옆에 앉아 책을 읽고 있었다. 은색 덮개로 싼 얇은 문고본이었다.

"깼어?"라고 그녀가 물었다.

"어어."

창을 등지고 앉아 있는 그녀는 꽤 강렬한 역광 속에 있었다. 얼굴이 잘 안 보였고, 입고 있는 옷 색깔도 분간할 수 없었다.

"《시시포스의 신화(Le mythe de Sisyphe, 프랑스의 카뮈가 쓴 부조리에 관한 시론)》?"

"응.《시시포스의 신화》야."

"고마워. 도와주러 왔구나."

"그래. 오늘이 벌써 두 번째야"라고 말한 그녀가, "이젠 영원히 눈을 안 뜰 줄 알았어"라며 미소를 지었다.

"며칠이나 지났을까?"

"모르지. 언제부터 잤는데?"

"으음. 내가 너한테 전화한 날부터."

"일주일"이라고 그녀가 대답했다.

"일주일이군."

"그 뒤로 전화도 없어서 주소를 들고 찾아와 봤지. 문이 안 잠겨 있어서 그냥 들어왔고. 그랬더니 네가 더없이 행복한 얼굴로 잠들어 있는 거야. 그래서 그냥 돌아갔어. 오늘도 만약 눈을 안 뜨면 돌아갈 생각이었어."

"그랬군."

"일어날 수 있어?"

"응."

"그럼, 이제 그만 슬슬 일어나. 평생 잠만 잘 순 없잖아."

그리고 그녀는 오렌지주스를 컵에 따라 왔다. 나는 그것을 건네받자마자 단숨에 비웠다. 달콤새콤한 오렌지 향이 찌를 듯한 기세로 입 안에 퍼져갔다.

다음 날 아침 일곱 시에 유키코가 내 방을 찾아왔다.

안으로 들어온 유키코가 힘차게 창을 열어젖혔다. 차가운 겨울 공기가 상쾌했다.

"자, 그만 일어나"라고 유키코가 말했다.

"휴가는 이제 끝이야."

그 목소리를 듣고 나는 생각했다.

그래, 휴가는 이제 끝이라고.

유키코가 집에서 만들어 온 샐러드와 샌드위치를 식탁에 척

척 늘어놓더니, "꼭 챙겨 먹어. 난 1교시부터 수업이니까"라며 방에서 나가버렸다.

나는 꾸물꾸물 일어나서 유키코가 차려준 식사를 열심히 입 안에 그러넣었다. 그리고 내가 잤던 이부자리 이외의 공간이 놀 라울 정도로 말끔하게 청소되어 있는 걸 처음으로 알아차렸다.

그 후로 유키코와 나는 사귀기 시작했다. 우리는 똑같이 대학 교 1학년생이었고, 유키코는 여대에 다니고 있었다. 도쿄의 계 절은 어찌 됐든 가을답지 않은 가을에서 겨울답지 않은 겨울로 옮겨 가서 나는 그 땅에서 새로운 새해를 맞았고, 난생처음 체험 하는 북쪽 지방과는 이질적인 이곳 추위에 몸을 잔뜩 움츠렸다.

유키코와 나는 아주 다정한 커플이 되었다.

내가 서툰 부분은 유키코가 요령 있게 도와주었고, 적확하게 충고해주었다. 내가 서툰 것은 예를 들면 뭔가를 선택하는 일 이다.

그 무렵의 나는 어떤 것들 속에서 뭔가를 선택하는 게 무척이 나 버거웠다. 그렇다기보다 관심이 없었다는 표현이 더 정확할 지 모른다.

옷가게니 레스토랑이니 길이니 아르바이트 직종이니 대학 수업 …… 매일매일 누군가가 뭔가를 선택하라고 강요했고, 아무런 근거도 없이 그에 대한 대답을 제시해야 했다.

생활 자체가 흡사 선택지의 홍수였다.

나를 기죽게 만드는 함정과도 같은 너무나 많고 엇비슷한 선택들. 나는 늘 그 앞에서 현기증을 일으켰고, 결국 무엇을 선택해도 아무 변화도 없음을 알아차리고 또다시 현기증을 일으켰다.

그 점에서 유키코는 뭔가를 선택하는 분명한 근거가 있었다.

그것은 이해득실인 경우도 있고, 좋고 싫은 기호인 경우도 있었다. 그리고 이렇다 할 이유를 붙일 수 없겠다 싶은 때도 있었다. 반드시 이익이 되는 쪽을 선택하느냐 하면 그것도 아니었고, 아무렇지 않게 싫은 쪽을 고를 때도 있었다.

다만, 선택을 할 때마다 늘 어떤 근거와 자신감이 느껴졌다. 유키코가 고른 것은 결과적으로 옳았고 또한 명쾌했다.

유키코는 나를 위해서도 기꺼이 뭔가를 선택해주었다. 나는 그 이유나 근거를 주의 깊게 관찰했고, 때로는 그 이유를 유키코에게 캐묻기도 했다.

견고하다거나 건강에 좋다거나 즐거워 보인다거나, 유키코는 그때마다 간단 명쾌한 답을 내게 제시해주었다.

나는 유키코에게 영원이라는 것의 개념과 시간의 의미에 관해 내 나름의 해석을 설명하거나, 우주의 시작과 끝에 관한 이야기를 들려주거나 했다.

예를 들면 영원에 관해.

"이건 중국 전설이야."

"오케이."

"천 년에 한 번 선녀가 내려와서 다다미 삼천 장 넓이의 바위를 분홍빛 비단 날개옷으로 한 번 쓱 훑는대. 다다미 삼천 장 넓이야."

"천 년에 한 번, 삼천 장을?"

"그래. 그렇게 해서 그 거대한 바위가 닳아 없어질 때까지의 시간을 영원이라 부르지."

"어머, 그럼 영원은 무한한 게 아니네."

"그럴까? 역시 무한하지 않을까."

"천 년에 한 번이라."

"너무 까마득해서 정신이 몽롱해지지."

"왠지 가슴이 답답해진다."

그런 얘기를 유키코는 반쯤은 흥미가 없는 듯이, 그러면서도 반쯤은 열심히 들어주었다.

도리쓰카세이에 있는 꾀죄죄한 내 아파트에서 우리 두 사람은 방바닥에 내내 깔아둔 이부자리에서 뒹굴며 대부분의 시간을 보냈다.

나는 영어로 쓰인 짤막한 해설서나 SF 원서를 사전을 찾지 않고 적당히 번역해서 유키코에게 들려주었다. 오역투성이든, 스토리가 많이 벗어나든, 두 사람에게 그런 것쯤은 큰 문제가 아니었다. 모르는 단어는 상상력을 구사해서 어감이 좋은 일본어로 끼워 맞췄다. 사전을 찾는 것보다 그쪽이 훨씬 재미있었다.

유키코가 이제 됐다고 할 때까지 내가 읽은 온갖 종류의 책과 해설서 얘기를 들려주었고, 내 안에 있는 온갖 개념들을 말로 풀어놓았다.

데이트다운 데이트는 거의 한 번도 못 했지만, 두 사람은 그것으로도 충분했다.

두 사람은 헤아릴 수 없을 정도로 섹스를 했다.

유키코는 늘 "아, 아" 하는 작은 소리를 지르며 쾌감에 온몸을 바르르 떨었다. 자기에게 엄습해오는 환희에 저항하듯 고통에 가까운 표정을 지었고, 마지막에는 그 저항을 놔버린 채 가늘고 투명한 하얀 다리를 더는 불가능하다 싶을 만큼 활짝 벌렸다.

그리고 마치 두 사람 사이에 가로놓인 아주 작은 틈까지도 메우려는 듯이 성기를 바짝 들이댔다.

섹스를 통해 어쩌면 아직 어딘가에 존재할지 모르는 서로의 보이지 않는 부분을 빈틈없이 칠해가려고 했을지도 모른다. 그것은 분명 어린애들의 색칠 놀이 그림처럼 덧없게 느껴질 때도 있었다. 그러나 그 덧없음이 두 사람을 보다 단단히 맺어주는 것처럼 여겨지기도 했다.

"바이칼 호 얘기, 너한테 해줬나?"

아직 젖어 있는 유키코의 성기를 손가락으로 어루만지며 내가 물었다.

"바이칼 호라면 러시아에 있는?"

"맞아, 그 바이칼 호."

"기억 안 나는데."

"잊어버렸어?"

"기억 안 나."

"뭐, 좋아. 으음, 말하자면 바이칼 호는 대지 위에 그려진 여성의 성기 같은 거야. 형태도 아주 비슷하고."

"성기?"

"그래, 성기"라고 말하며 나는 유키코의 성기를 어루만졌다.

"그런데?"

"그런데 그 호수가 세계 최고로 투명하다고 초등학교 사회 과목 수업 때 배운 것 같은데, 지금 생각해보면 마슈 호(摩周湖, 일본 홋카이도에 있는 칼데라 호)라고 배운 것 같기도 하단 말이야. 게다가 누가 물의 투명도 같은 관념적인 생각을 해내고, 그것을 전 세계 호수에서 측정하고 자료로 만들어서 지리 시간에 가르칠 생각을 했는지 영문을 모르겠고 ……. 뭐, 그거야 아무래도 상관없겠지. 아무튼 그 호수는 시베리아 숲의 오지에 외따로 자리 잡았고, 세계 최고나 두 번째 투명도를 자랑하는 물로 채워져 있지. 보나마나 사람도 거의 접근할 수 없겠지. 호수 주변에는 위험한 동물들이 많이 숨어 살고, 각다귀들까지 붕붕 날아다녀. 왠지 그럴 것 같아."

"나, 좀 졸리다."

"잠깐만 참고 들어."

"네―에."

"그런데 말이야, 주변에 살던 사람들이 몇천 년 전부터 그리로 죽은 사람을 버리러 갔대. 이를테면 인도 사람이 갠지스에 아이의 시체를 흘려보내듯이, 사람이 죽으면 아니 사람만이 아니라 개든 고양이든 새든 죽은 건 뭐든 다 버렸지. 계속 집어 던졌어."

"시체를?"

"그래."

"왜?"

"이유 같은 건 없어. 쭉 그렇게 해왔으니까 다들 그랬던 거지."

"관념적인 투명도가 세계 최고인 호수에?"

"그래. 거기에 죽음 자체를 자꾸자꾸 집어 던진 거야."

"이제 정말 피곤해. 나도 거기 던져줘."

"안 돼, 참고 들어. 그래서 난 바이칼 호를 생각할 때마다 굉장히 무서워. 그건 분명히 죽어버린 존재를 뭐든 다 집어넣는데도 언제까지나 투명하니까 무서운 거겠지."

"아, 정말 싫다, 왜 그런 얘기만 해."

"금방 끝날 테니까 들어봐."

"그럼, 참을게."

"주변에 사는 사람들은 그곳을 기억의 호수라고 부른대."

"기억의 호수?"

"그래. 물론 처음에는 죽음의 호수라고 불렀을 테지만, 언제인가부터 기억의 호수가 됐지."

"왜?"

"모르지. 옛날부터 다들 그렇게 불렀으니까 그냥 따라 불렀을 테고, 언제인가부터 호칭이 그렇게 바뀌었으니까 그렇게 됐겠지."

"그런가."

"으음, 그리고 거기서 수영을 하든 물고기를 잡든 물을 푸든, 요컨대 뭘 하든 상관없지만 절대 들여다보면 안 된다는 전설이 있어. 분명히 있지."

"세계 최고로 투명한데?"

"그래."

"그렇게 투명한데 들여다보면 안 된다니, 뭔가 좀 이상하다."

"그러게 말이야."

"여성의 성기 모양이랑 비슷해?"

"그래. 아주 비슷해."

"내 거기랑도 비슷해?"

"그야, 물론이지."

"젖어 있어?"

"으응, 늘 젖어 있어."

"손가락도 넣어보고 싶고?"

"어어."

"소금 냄새가 나?"

"으응, 틀림없이 그렇겠지."

"그건 좋은 냄새야?"

"으응. 좋은 냄새야."

"핥아보고 싶어?"

"어어."

"바닥에서 뭐가 보여?"

"아무것도 안 보여."

"왜?"

"투명하니까."

"어째서?"

"바이칼 호는 엄청나게 깊어. 그것도 분명 세계 최고일까? 세계 최고로 깊고, 세계 최고로 투명하지. 그래서 아무것도 안 보여."

"아무것도?"

"그래. 아무것도."

"정말로 아무것도?"

"응. 아마 정말로 아무것도."

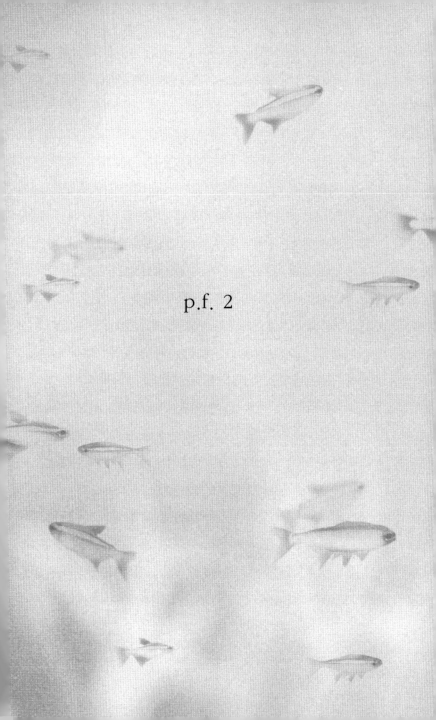

p.f. 2

잡지의 출장 교정은 참으로 번잡한 작업이다. '출장 교정실'이라 불리는 다섯 평 남짓한 방에 틀어박혀서 산더미처럼 쌓인 교정쇄를 한 장 한 장 읽어가야 한다. 이치가야에 자리한 이 인쇄소의 출장 교정실은 방이 육십 개가량 되는데 양계장 닭장처럼 쭉 늘어서 있다.

편집자는 그 안에 틀어박혀서 활자라는 알을 낳는 것이다.

〈월간 이렉트〉의 출장 교정실에는 편집자, 디자이너, 교정 담당자, 아르바이트까지 포함해서 총 여섯 명이 하나같이 따분한 듯 담배를 피우고 있었다.

초등학교 교실에나 걸려 있을 법한 투박하고 촌스러운 벽시계는 오후 세 시를 가리키고 있었다. 모든 작업이 마무리되는 것은 그 시계의 짧은 바늘이 한 바퀴는 족히 돈 후일 거라는 건

지금까지의 경험으로 익히 알고 있었다.

교정을 끔찍이 싫어하는 이가라시는 스포츠 신문에 푹 빠져 있었다. 이곳은 포로수용소 같은 곳이라 만약 마감을 못 맞춰서 인쇄가 늦어질 거라고 인쇄소가 판단하는 순간, 저 천장 스피커에서 독가스가 흘러나올 거라는 게 이가라시의 망상이자 지론이었다.

교정 담당자 오누마는 혼자 궁시렁거리며 낱말 맞히기를 풀고 있었다. 베테랑 교정 담당자인 그는 출장 교정 때마다 낱말 맞히기 잡지를 한 권씩 사 와서 손이 빈 시간에 격투를 시작한다.

사나에는 색 교정 완성도가 마음에 안 드는지 기분이 별로다. 허벅지와 성기 경계 부분의 붉은색과 갈색이 뒤섞인 미묘한 색감이 제대로 안 나와서 밋밋하고, 피부의 질감이 전혀 살지 않았다며 한탄을 쏟아냈다. 피부에서 성기로 바뀌는 아슬아슬한 경계선의 살갗 느낌이 살지 않으면, 이 사진은 의미가 없다며 부루퉁해 있었다.

"이 애, 얼굴은 그럭저럭 봐줄 만한데, 털이 많고 그 주변 색깔이 깨끗하질 않아. 소음순도 좀 크다 싶고."

그렇게 혼잣말을 중얼거리고 한숨을 내쉬며 색 교정지를 바라보았다.

나는 담배를 피우며 재교지 다발을 점검하고 있었다. 오후 한 시에 이곳에 와서 약 두 시간 동안 100페이지쯤 훑어봤을까.

당분간은 교정 볼 교정쇄가 없어서 나는 일단 밖으로 나가기로 했다. 다음 기사가 다 완성돼서 나오려면 세 시간은 걸릴 것 같았다.

"이가라시 씨"라고 내가 불렀다.

"갈까요?"라고 이가라시가 물었다.

"응, 지금밖에 시간이 없으니까."

"가다뇨, 사와이 씨한테요?"라고 사나에가 물었다.

"어어"라고 내가 대답했다.

"컬러 페이지 교정 금방 끝나는데, 나도 따라가도 되죠?"라고 사나에가 물었다.

"물론이지"라고 나보다 먼저 이가라시가 대답했다.

밖에는 비가 내리고 있었다. 그런데도 숨이 막힐 듯한 출장 교정실의 탁한 공기에서 탈출하자, 폐가 한 단계 부풀어 오르는 가뿐한 해방감이 느껴졌다.

"잘됐다, 난 아직 한 번도 사와이 씨 문병을 못 갔는데."

택시에 올라타자 사나에가 말했다. 그 후로 요쓰야에 있는 병원에 도착할 때까지 세 사람 모두 멍하니 5월의 비를 바라볼 뿐, 대화는 한 마디도 주고받지 않았다.

사와이 씨는 1인실 침대 위에 조용히 잠들어 있었다. 몸 여기저기에 연결된 튜브와 침대 바로 옆에 놓여 있는 호흡 수, 맥박, 혈압 등을 시시각각 표시하는 기계가 사와이 씨의 심각한 상태를 대변해주는 것 같았다.

"아버지, 야마자키 씨예요."

곁에서 수발을 들어주는 딸 요코가 귓가에 대고 말을 건넸다.

그 소리에 안경을 쓴 채 설핏 잠들어 있던 사와이 씨가 눈을 번쩍 떴다.

"어어, 왔나"라고 사와이 씨가 작고 갈라진 목소리로 말했다.

"사나에도 왔군"이라며 사나에를 향해 기쁜 듯이 손을 내밀었다. 사나에가 그 손을 두 손으로 감싸며 부드럽게 어루만지기 시작했다.

"보나마나 매일같이 밤샘 작업이겠지."

사와이 씨가 실눈을 뜨며 사나에에게 말했다.

"아 정말, 이 두 사람이 맨날 일만 시켜요. 오늘도 집에 들어갈 수나 있을지 모르겠어요."

"그렇군, 그래. 사나에는 늘 열심히 일하는 사람이니까. 그래도 너무 무리하진 마. 이건 내 마지막 명령이야"라고 사와이 씨가 말했다.

"알겠습니다"라고 말을 받은 사나에가 "그렇지만 마지막은 아니죠. 사와이 씨는 꼭 좋아질 거예요"라고 덧붙였다.

"아냐, 난 곧 죽어"라고 사와이 씨가 말했다.

"폐암은 치료할 수 없다는 것도, 그리고 아마 암이 뇌로 전이돼서 이제 곧 의식불명에 빠질 거라는 것도 다 알아"라고 사와이 씨가 나지막이 말했다.

"하지만 난 지금 살아 있어. 그리고 사나에 손의 온기도 느끼지. 그건 잊지 않을게"라고 말한 사와이 씨가 콜록콜록 기침을 했다.

거기에 대고 사나에가 할 수 있는 말은 아무것도 없었다. 지금 사와이 씨 앞에서는 힘을 내라느니 좋아질 거라느니 하는 말은 모두 의미가 없었다. 그렇다면 과연 그런 환자의 손을 어루만지며 대체 무슨 말을 해야 하는 걸까.

병실은 고요히 가라앉아 있었다. 그 정적 속에서 사와이 씨가 살아 있는 유일한 증거인 각종 수치가 소리도 없이 계속 깜박거렸다.

"오늘은 자네 두 사람에게 긴히 할 말이 있네."

기침 발작 사이사이의 짧은 틈을 이어가듯 사와이 씨가 이가라시와 나를 향해 말했다. 사나에와 요코는 그 말을 듣고 병실에서 나갔다.

"난 보시다시피 이젠 그저 죽기만 기다릴 뿐이야. 위로나 쓸데없는 격려의 말은 일절 하지 말아주게. 시간 낭비니까."

이가라시와 나는 아무 말도 못 하고 고개를 끄덕였다.

"죽기 전에 결정해둬야 할 게 있어. 짐작하고 있겠지만, 앞으로 〈월간 이렉트〉에 관한 얘기야. 이가라시나 야마자키에게 편집장을 맡길 수밖에 없네. 분명히 말하네만, 야마자키가 편집자로서는 훨씬 더 우수하고 장래성도 있어. 하지만 난 옛날 사람이라 장유유서를 중시하고 싶네. 그래서 편집장은 이가라시를 임명하고 싶은데, 자네들한테 허락을 받아두고 싶어서."

물론 나는 아무런 이의가 없었다.

이가라시를 보니 손이 부들부들 떨리고 온몸이 경직되어 있었다. 나는 눈으로 이가라시에게 얼른 대답하라고 재촉했다.

"괜찮겠나, 이가라시 군?" 하고 사와이 씨도 갈라진 목소리로 답변을 재촉했다.

그러자 이가라시가 "정말 죄송합니다"라고 큰 소리로 말하더니, 대체 무슨 생각인지 그 자리에 바로 무릎을 꿇었다.

"그 말씀만은 거둬주십시오."

"이유가 뭔가?"

사와이 씨가 당혹스러운 표정으로 침대 위에서 이가라시의 얼굴을 들여다보듯 쳐다보았다.

"편집장이 되면 판권에 이름이 실립니다, 편집인으로. 그게 좀 곤란합니다. 게다가 무슨 문제가 발생하면 법적 책임도 져야 할 테고, 그것도 곤란합니다."

"편집장으로서 져야 할 책임이니 당연하잖아"라고 사와이 씨가 말했다.

"아니 그게, 비록 헤어지긴 했지만 저에게는 아내와의 사이에 여섯 살과 다섯 살, 네 살짜리 딸이 있습니다. 그 애들이 성장해 가는 과정에 아빠가 에로 잡지의 편집자라는 사실이 밝혀진다면, 견딜 수가 없습니다. 그 말씀만은 부디 거둬주십시오."

"그렇지만 이미 도망쳤잖아"라고 내가 말했다.

"도망쳤지만 언젠가 돌아올지도 모르잖아. 게다가 부모 자식의 연은 끊을 수 없어. 자네는 독신이라 이런 고충은 모를 테지. 그뿐만 아니라 여러 방면에서 곤란한 일들이 생길 거야."

그런가 하는 생각이 드는 반면, 이가라시의 둘도 없는 은인이기도 한 사와이 씨가 죽음을 눈앞에 두고 자기의 뒤를 이어달라고 의뢰하는데, 판권에 이름이 실리는 게 싫다는 사사롭고 제멋대로인 이유로 그 제안을 거절하는 이가라시에게 화가 났다. 이름이 실리든 실리지 않든 그 책을 만들어서 먹고산다는 사실에는 변함이 없지 않은가.

"도저히 안 되겠나?"라고 사와이 씨가 애원하듯 이가라시를 내려다보았다.

"죄송합니다. 그것만은."

이가라시가 무릎을 꿇은 채 다시 한 번 그렇게 말했다.

"알겠네"라고 사와이 씨가 말했다.

"이제 알았으니 그만 일어나고 당장 나가주게."

사와이 씨의 목소리가 분노로 떨리고 있었다. 어느덧 이십 년 가까이 같이 일했지만, 사와이 씨가 이렇게 화를 고스란히 드러내는 모습은 처음 보는 것 같았다.

"정말로 처치 곤란한 현실주의자야."

둘만 남자 사와이 씨가 나에게 말했다. 그 눈동자에는 조금 전의 분노는 사라지고, 평상시의 사와이 씨다운 온화함이 돌아와 있었다.

"야마자키 군, 자네가 맡아주겠나?"

"물론입니다"라고 내가 말했다. 사와이 씨가 사라지고 이가라시가 도망치면 문인출판에는 나밖에 없다.

"고맙네"라고 사와이 씨가 나지막이 말했다.

"야마자키 군, 정말 고마워."

"아닙니다, 고마워할 사람은 오히려 접니다."

나는 사와이 씨를 똑바로 바라보며 말했다.

"자네는 기획력도 있고 구성력도 있어. 멍청한 이가라시 녀석과는 천지 차이야."

거기까지 말한 사와이 씨는 지금까지보다 훨씬 격렬하게 기침을 해댔다. 그러면서도 쌕쌕 소리가 나는 괴로운 호흡을 떨쳐내듯 얘기를 계속했다.

"〈월간 이렉트〉는 지금은 분명 매출을 늘리고 있고, 안정적으로 흑자를 내고 있지. 그렇지만 말이야, 야마자키, 이제 곧 그런 시대는 끝나. 이 업계도 점점 과열되어서 자꾸 과격한 방향으로 치닫고 있지. 음모는 물론이고 성기 역시 거의 드러낸 거나 다름없어. 분변음욕증(스카톨로지, scatology, 이성의 분뇨에 심취해 그 배설물을 보거나 냄새를 맡거나 배변하는 광경을 보고 쾌감을 얻는 경우)에 SM(sadomasochist, 가학 피학성 변태 성욕자)에 몰카에 아마추어 셀카 투고까지 …… 이미 범죄 직전까지 왔어."

사와이 씨가 약해져가는 폐에서 날숨을 열심히 끌어모으듯 한 마디 한 마디 말을 내뱉었다.

"편집장을 맡아달라고 해놓고 모순되는 얘기일지 모르지만, 자네는 일 년만 지나면 문인출판을 그만둬. 일 년간 편집장으로 하고 싶은 걸 다 해보고 그만두란 얘기야. 그게 자네를 위한 길이야. 자네 정도 기술이면, 어딜 가든 충분히 잘 해낼 수 있으니까."

또다시 격렬한 기침 발작이 사와이 씨를 엄습했다.

"이제 아무 말도 하지 마세요. 힘드실 테니까"라고 내가 말했다.

"조금만, 조금만 더"라고 말하는 사와이 씨의 얼굴이 새빨갛게 달아올라 있었다.

"자네를 이 업계로 끌어들인 지 어언 십구 년, 자네는 충분히 열심히 일해줬어. 내 말 알겠나? 이대로 문인출판에 있어봐야 나이가 들수록 값싼 도덕심에 시달리고, 정신을 차렸을 때는 내가 만든 책을 가족에게 한 권도 보여주지 못한 채, 폐암에 걸려서 튜브투성이 상태로 죽어갈 뿐이야."

"하지만 그거야말로 우리의 긍지였잖습니까. 선정을 불러일으키고 발기시켜서 판다. 저는 그런 사와이 씨를 존경하고 자랑스럽게 생각합니다. 당신이야말로 편집자 중의 편집자입니다."

내가 그렇게 말하자, 사와이 씨가 말을 멈췄다. 기침을 참기 위해서인지 안쓰러울 정도로 가슴이 움츠러들어 있었다.

"고맙네."

소리는 나오지 않았지만, 입술이 가까스로 그렇게 움직였다.

사와이 씨가 귀를 가까이 대라는 듯이 손짓을 했다. 나는 사와이 씨의 얼굴에 귀를 갖다 댔다. 쌕쌕거리는 괴로운 호흡을 반복하면서도 마지막 기력을 다 짜내며 사와이 씨가 말했다.

"그것은 아무리 길고 긴 여행이라도 반드시 끝날 때가 온다는 것과 비슷하다."

"네?"라고 묻는 나를 향해 사와이 씨가 힘없이, 그러나 부드럽게 미소를 지었다.

나는 사와이 씨를 처음 만났던 날을 떠올렸다. 아스팔트에 땀을 뚝뚝 흘리며 도착한 문인출판. 사와이 씨의 질문에 긴장하며 책 두 권의 제목을 댔고, 그리고 둘이 깔깔거리며 웃어댔던 그 머나먼 여름날.

내 귓가에 대고 속삭인 사와이 씨의 말, 그것은 존 바스의《여로의 끝》에 나오는 한 구절이었다.

니시오기쿠보의 집으로 돌아왔을 때, 나는 몹시 취해 있었다. 새벽 세 시에 출장 교정실에서 나왔고, 그때부터 밤새도록 영업하는 신주쿠 2가의 바에서 이상하리만치 급하게 술을 마셔댔다. 택시를 잡아타고 집에 도착했을 때는 이미 하늘이 희뿌옇게 밝아오기 시작했다.

그런 술주정뱅이인 나를 쿠와 모모가 꼬리가 떨어져나갈 듯이 흔들어대며 반갑게 맞아주었다.

쓰러지듯 거실 소파에 기대앉았다. 쿠와 모모 두 마리가 경쟁이라도 하듯 가슴으로 뛰어 올라와 내 입가를 핥았다. 그녀들의 최고의 애정 표현이다. 빙글빙글 고속으로 회전하는 모모의 꼬리는 흡사 바람개비 같았다. 만화영화였다면 그대로 하늘로 날아오를 것 같은 기세였다.

병실에서 본 사와이 씨의 서글픈 모습과 출장 교정실의 피로, 쏟아붓듯이 퍼마신 위스키 스트레이트. 그렇게 까칠하게 일어났던 내 마음을 구석구석 핥아주듯 강아지 두 마리가 엉겨 붙어 떨어질 줄을 몰랐다.

수조는 어둠 속에 있었다. 불을 켜지 않아도 수족관의 물은 갓 닦아놓은 보석처럼 빛나고 있었다. 테트라와 코리도라스 들이 무질서하게 헤엄치고 있었다. 마치 존재하지 않는 듯한 투명한 물속에서 한가롭게 헤엄치는 작은 물고기들. 손을 뻗으면 바로 손안에 잡힐 것 같은 착각마저 들었다.

그것은 과거의 기억과 비슷할지 모른다. 과거의 일들은 작은 물고기처럼 놀라울 정도로 선명하게 가슴속에서 흔들린다. 그러나 아무리 그리로 손을 뻗어도 투명하고 눈에 보이지 않는 시간이라는 물이 엄연히 존재해서, 퍼 올리고 또 퍼 올려도 손가락 사이로 주르륵 흘러내려 두 번 다시 잡을 수가 없다.

방의 불도 수조 등도 켜지 않은 채, 폴리스의 CD를 틀었다.

창으로는 동쪽 구름이 어슴푸레 붉은 기를 머금어가는 모습이 내다보였다.

폴리스의 단순한 리듬이 조용하고 편안하게 실내에 울려 퍼졌다.

이루 말할 수 없이 지쳐 있었고, 술도 많이 취했지만, 나는 냉장고에서 캔맥주를 꺼내다 꼭지를 땄다.

캄캄한 수조, 그 투명한 물속으로 이제 곧 사와이 씨가 가라앉으려는 걸까.

공연히 누군가와 몹시 얘기를 나누고 싶었지만, 그럴 때면 전화는 어김없이 무뚝뚝한 침묵을 고집했다.

아무리 시간이 지나도 일자리를 못 구하는 나에게 애가 탔는지 유키코가 아르바이트를 찾아주었다. 신주쿠에 있는 록카페의 웨이터였다. 그것이 내가 도쿄에 와서 처음으로 찾은 일거리였다.

유키코는 매일같이 친구들을 데리고 가게에 얼굴을 내밀었다. 그녀들은 마치 새끼 원숭이처럼 꺅꺅 떠들어대며 자기들에게 주어진 잠깐 동안의 시간과 공간을 맘껏 즐겼다. 지금 주어진 자유에는 한계가 있다는 사실을 숙지하고 있는 듯한 분방함이 부럽기도 하고, 어딘지 모르게 덧없게 느껴지기도 했다.

나는 그런 그녀들을 시야 한쪽에 담으며 커피를 내리고 토스트를 굽고 레코드를 돌리고 잔을 닦고, 나름 바쁘게 일했다. 일은 내가 상상했던 것보다 긴장감이 있고 즐거웠다.

이유가 뭔지는 모르겠지만, 가게 주인인 와타나베 씨가 유키코와 나를 유달리 아껴주었다. 유키코가 데려오는 친구들에게도 장사를 떠나 다정하게 대해줬지만, 유키코와 나에게는 유독 특별한 느낌이었다.

유키코와 나는 일주일에 두 번, 신주쿠교엔(新宿御苑, 신주쿠에 있는 공원) 옆에 있는 와타나베 씨의 맨션에 초대받아 점심을 함께 먹었다. 부인인 사토코 씨, 후유카와 아키나라는 와타나베 씨의 자랑거리인 두 딸, 그리고 태어난 지 반년밖에 안 된 갓난아기 아들과 함께.

사토코 씨는 유키코를 아주 마음에 들어 해서 두 사람은 흡사 죽이 잘 맞는 자매 같았다. 두 사람은 늘 부엌에서 새끼 고양이들처럼 장난을 치면서 함께 요리를 했다.

그동안 나는 나베(와타나베의 약칭, '나베'는 냄비 또는 냄비 요리라는 뜻) 씨와 둘이 맥주를 마시며 그저 멍하니 시간을 보내곤 했다. 드넓은 거실의 7층 높이 창문으로는 신주쿠교엔의 푸른 나무들이 보이고, 그 너머로는 신주쿠 부도심의 고층 빌딩들이 건너다보였다.

"이런 걸 차경(借景, 먼 산 따위의 경치를 정원의 일부처럼 이용하는 일이나 그러한 조원법)이라고 하지."

나베 씨가 그 경치를 바라보며 자랑하듯 말했다. 경치를 자랑하고 싶은 건지 그 말을 자랑하고 싶은 건지 나는 알 수 없었다.

그런데 나베 씨는 곧바로 "분명히 이 집 임대료의 3분의 1은 저 전망 값일 거야"라고 스스로에게 말하듯 투덜거렸다.

종잡을 수 없는 시간과 종잡을 수 없는 대화가 유키코와 내 위로 평온하게 흘러갔다. 그렇게 시간을 보내는 방식과 소중함을 반짝반짝 잘 닦인 와인 잔과 말끔하게 다림질된 식탁보가 우리에게 가르쳐주었다.

나와 유키코에게는 아무런 책임도 아무런 부담도 없었다. 그저 천국에 있는 것처럼 구름 위를 걷듯이 그 공간을 즐긴다면, 나베 씨나 사토코 씨도 분명 행복했을 것이다.

사토코 씨는 샌드위치와 마카로니그라탱에 다양한 파스타 소스를 만들었다. 유키코는 오르되브르와 샐러드를 만들었고, 특히 드레싱에 꽤 공을 들였다.

나는 수프 담당이었다.

몇 번째인가 왔을 때, 나베 씨에게 "야마자키 군도 먹기만 하면 재미없을 테니 뭔가 연구해서 만들어보면 어때?"라는 말을 들은 게 계기였다.

사토코 씨와 유키코의 작업이 일단락되면, 내가 부엌으로 들어가서 양파 수프나 어깨너머로 터득한 부야베스나 미네스트로네 수프를 만들었다. 그것이 예상외로 호평을 받았다.

맥주를 마시며 보글보글 수프를 끓이는 것은 더할 나위 없이 행복한 작업이었다.

나베 씨는 와인 담당이었다. 백화점에서 시음해보고 사 온 레드와인을 디캔터(decanter, 포도주를 디캔팅할 때 사용하는 용기)에 옮기고, 기쁨으로 가득한 표정으로 바라보며 산소와 융합되어 최고의 순간을 맞이할 때를 주의 깊게 기다렸다.

우리는 그렇게 세 시간이나 들여서 각자의 역할을 수행하며 점심 식사를 완성했다. 오후 세 시 무렵에는 아이들 방에서 놀고 있던 후유카와 아키나를 불러서 일곱 명이 식탁에 앉았다. 열아홉 살인 나와 유키코, 마흔세 살인 나베 씨와 마흔 살인 사토코 씨, 그리고 다섯 살과 네 살인 두 딸과 갓난아기가 식탁을 둘러싼다.

그것은 흡사 천국의 식탁이었다.

두 딸은 늘 조용하고 예의 바르게 우리가 만든 요리를 일사불란하게 입 안에 넣었다. 평소에는 대책이 없을 정도로 두 아이에게 너그러운 나베 씨였지만, 식사 시간만큼은 떠드는 것도 텔레비전을 보는 것도 허락하지 않았다.

"야마자키 군, 최근에 떠오르거나 생각한 게 있으면 뭐든 들려줘요."

사토코 씨는 예외 없이 그 식탁에서 주문했다. 나는 떠오르는 생각은 뭐든 다 얘기했다. 아무리 사사로운 일이든 불합리한 일이든, 화가 났던 얘기나 즐거웠던 얘기, 꿈이나 실망에 관해 나는 주변의 일이나 최근에 느낀 온갖 것들을 소재로 열심히 얘기를 들려주었다.

예를 들면 우산의 자유화에 관해.

"도쿄 도의 조례든 어떤 방법으로든 한 번쯤 우산 사유화를 금지하는 실험을 해보면 재미있을 것 같아요."

"무슨 소리야?"

"말하자면 우산을 모두의 공동 재산으로 정해서 역이나 슈퍼마켓이나 술집처럼 사람들이 많이 드나드는 곳에 반드시 비치해놓고 필요한 사람들이 자유롭게 사용하는 거죠. 예를 들면 비 오는 날에 신주쿠 역에서 이세탄 백화점까지 갈 때는 누구나 신주쿠 역에 비치된 우산을 자유롭게 이용해서 백화점까지 가는 거죠. 그리고 백화점 우산 보관소에 두는 겁니다. 백화점에서 돌아올 때는 다시 우산 보관소 우산을 쓰고 신주쿠 역으로 돌아가서 그곳 보관소에 돌려놓고. 그리고 예를 들어 고엔지 역에서 내리면 거기에도 역시 누구나 사용할 수 있는 우산이 있으니 필요하면 그걸 들고 가면 될 테고."

"우산의 공유화?"라고 사토코 씨가 말했다.

"그렇죠. 신주쿠 역이나 도쿄 역에는 우산 분실물이 몇만 개나 있다니까 그걸 밑천 삼아 자유화하면 되겠죠. 처음 얼마 동안은 혼란스러울지 모르지만, 어느 정도 지나면 분명 아무도 우산을 개인 소유물로 여기지 않을 거예요. 집에 쓰고 갔던 우산도 다음 비 오는 날에 고엔지 역까지만 쓰면 그만이니, 고엔지 우산 보관소에 놔두고 빈손으로 전차를 타는 겁니다. 다음 목적지에 도착하면 거기에는 또 다른 우산들이 있을 테니까."

"하지만 그러면 우산을 집에 모아두는 녀석들이 생길 텐데"라고 나베 씨가 말했다.

"그러니까 바로 그 모아둔다는 발상이 사유화 사고방식인데, 우산이 어디에나 있고 누구든 자유롭게 쓸 수 있다는 감각에 익숙해지면, 아무도 모아둘 생각은 안 할 겁니다. 틀림없이."

"희한한 생각을 하는 친구로군"이라며 나베 씨가 웃었다.

"우산 자유화 선언을 하다. 도쿄 도가 세계 최초로 우산 전면 자유화를 단행하다!"

"하하하" 하고 나베 씨와 유키코가 하모니를 이루듯 웃었다.

"후후. 그건 의외로 재미있을 것 같네. 가나메초의 술집 거리 같은 좁은 지역에서는 통할지 모르겠어"라며 사토코 씨도 웃었다.

"하지만 그랬다간 우산장수가 곤란해질 텐데."

"근데 그게 실은 곤란할 게 전혀 없어요. 왜냐하면 일본인에게 필요한 우산의 절대 수는 자유화든 사유화든 크게 다르지 않을 테니까."

"말은 그렇게 하지만, 실은 야마자키가 우산을 들고 다니는 게 귀찮은 거지?"라고 유키코가 말했다.

"어쨌든 그렇게 되면 모두 귀찮을 게 없고, 만원 전철 안에 젖은 우산을 들고 탈 필요도, 잃어버릴까 봐 걱정할 필요도 없겠지."

나베 씨가 따라준 레드와인을 마시며 내가 말했다.

"그게 혹시 원시공산사회 사고방식인가?"라며 사토코 씨가 식탁 위에서 와인 잔을 살며시 돌렸다.

"뭐, 그렇게 거창하겠어"라며 나베 씨가 웃었고, 뒤를 따르듯 모두 함께 크게 웃어젖혔다.

우리가 웃으면, 대화의 의미를 아는지 모르는지 후유카와 아키나도 덩달아 큰 소리로 따라 웃었다.

"그런데 말이야, 야마자키 군."

웃음의 홍수가 잠잠해진 후, 나를 위로하듯 사토코 씨가 말했다.

"그런 생각을 하는 건 멋진 일이야. 그리고 그게 정말로 좋다고 생각한다면, 일단 자기부터 하나라도 자유화해보면 좋겠지. 틀림없이 그런 구체적인 행위가 중요할 테니까."

식탁에는 나와 나베 씨와 사토코 씨 셋만 남았고, 유키코는 차경이 훤히 내다보이는 소파에서 후유카의 머리를 땋기 시작했다.

다섯 살짜리 후유카는 기쁘기도 하고 조금 쑥스럽기도 한 표정으로 수줍어했다.

"여자는?"

그 모습을 바라보며 사토코 씨가 작은 목소리로 내게 물었다.

"여자는 어때?"

"네?"

"자유로워? 아니면 우산처럼 자유화 이전의 사유물이야?"
라고.

"자~ 후유카, 오래 기다렸어요. 정말 예쁘다."

후유카의 머리를 다 땋은 유키코가 더 단정하고 완벽하게 마무리하려고 공들여 다듬고 있었다.

"후유카, 미인 돼서 좋겠네. 아빠는 이렇게 예쁜 아이가 정말 좋더라."

그렇게 말하는 나베 씨의 눈이 실처럼 가늘어졌다.

후유카의 머리를 다 땋을 때까지 옆에 조용히 앉아서 기다리던 아키나가 이제 더는 못 참겠다는 듯이 유키코에게 와락 달려들며 소리쳤다.

"으응, 유키 언니, 이번엔 내 차례야, 나도 해줘."

"그래, 그래"라고 유키코가 말했다.

"얌전하게 기다린 착한 아이니까 아키나도 예쁘게 해줄게."

사토코 씨는 낮에 마신 와인이 취기가 돌았는지, 식탁 위에 엎드려 꾸벅꾸벅 졸기 시작했다. 부드럽고 따스한 오후의 햇살이 사토코 씨를 에워싸듯 양지쪽을 만들고 있었다. 식탁 위에 놓인 마시다 만 사토코 씨의 와인 잔에도 햇살이 쏟아져서 새하얀 식탁보 위에 아름다운 와인레드 그림자가 드리워졌다. 그것은 와인이라는 물감을 빛이라는 붓을 사용해서 식탁보라는 캔버스에 그려낸 그림처럼 산뜻하고 선명했다.

"이봐, 야마자키"라고 나베 씨가 내게 말을 건넸다.

"난 교토에서 조그만 오코노미야키(밀가루 반죽에 고기와 야채 등을 넣고 철판에 구운 오사카의 대표 요리) 가게부터 시작했어. 그리고 지금은 작긴 하지만, 신주쿠에서 음식점을 네 개나 경영하게 됐지. 왜 그런 줄 아나?"

"잠자는 시간까지 아껴가며 열심히 일했으니까?"

"바보 같은 소리. 먹고살려면 누구나 열심히 일하는 건 당연하지."

"나베 씨의 인품?"

"관계없어."

"운?"

"그건 좀 있었을지 모르지만, 훨씬 더 구체적이고 단순한 거야. 좀 더 생각해봐."

나는 와인으로 기분 좋게 취한 머리를 열심히 굴려봤지만, 여전히 그럴듯한 대답을 찾아낼 수 없었다.

"혹시"라고 아키나의 머리를 땋고 있던 유키코가 입을 열었다.

"혹시 물?"

"그렇지!"

나베 씨가 큰 소리로 맞장구를 쳤다. 그리고 "역시 유키짱은 머리가 좋단 말이야"라며 뒷말을 이었다.

"난 나베 씨 가게를 네 군데 다 가봤는데, 한결같이 물맛이 다

좋았어요. 아주 시원하고. 게다가 물 잔이 반짝반짝 잘 닦여서 기분도 좋았고."

"그랬을 거야."

나베 씨가 기쁜 듯이 실눈을 떴다.

"야마자키도 이왕 우리 가게에서 아르바이트하고 있으니 잘 알아둬."

그리고 말을 이었다.

"음식점이 좋은지 나쁜지는 얼마나 맛있는 물을 제공하느냐에 달렸다고 난 생각해. 평범한 물을 깨끗한 잔에 적당히 시원한 온도로 내놓는다. 물만 맛있으면 요리든 술이든 뭐든 맛있게 느껴진다. 뭐, 그렇지 않겠어? 그래서 난 이 장사를 시작한 후로 물 하나만은 쭉 신경을 써왔지. 무료로 내놓는 거라 더 중요해. 이런 얘기는 유키짱이나 야마자키한테는 관계없을지 모르지만, 그래도 기억해둬. 기업 비밀이야. 자네들한테 가르쳐줄 건 아무것도 없지만, 뭐 기껏해야 이 정도랄까. 알아두면 손해 볼 건 없을 거야"라고 나베 씨가 자랑거리인 콧수염을 의기양양하게 실룩거리며 말했다.

사토코 씨의 행복해 보이는 낮잠은 계속되었다.

"자, 아키나짱 다 됐어. 오래 기다렸지"라고 유키코가 말했다.

아키나짱은 동그란 눈동자를 초롱초롱 빛내며, 얕은 잠에 빠진 사토코 씨를 흔들어 깨우려고 달려갔다.

머지않아 나는 와타나베 씨의 동네 야구팀에 스카우트되었다. 투수로 임명되었다. 일주일에 이틀은 점심 식사 모임, 하루는 야구, 그것이 나와 와타나베 씨 일가의 교제로 자리 잡았다.

사토코 씨와 유키코는 늘 주먹밥이나 샌드위치를 만들어서, 예쁘게 머리를 땋은 후유카와 아키나를 데리고 운동장까지 응원하러 와주었다. 갓난아기까지 포함해서 그렇게 일곱 명의 꿈 같은 이 년은 눈 깜짝할 사이에 흘러갔다.

지독히도 무더웠던 여름이 끝나갈 무렵의 어느 날, 나는 아르바이트를 그만두고 출판사에 취직하게 되었다고 나베 씨에게 알렸다.

"그렇군"이라고 나베 씨가 시선을 떨어뜨리며 조용히 말했다. "그건 잘된 일이네"라고.

그러더니 "취직 축하하러 가야지"라고 나베 씨가 말해서 둘이 밤에 신주쿠 거리로 달려갔다.

"출판사 이름이 뭐야?"

"문인출판이라는 곳입니다."

"못 들어봤는데. 무슨 책을 만들어?"

"에로 잡지요."

"에로 잡지?"

"네. '이렉트'라는 월간지예요."

"그렇군, 에로 잡지라. 뭐, 상관없겠지. 중요한 건 뭔가를 만든다는 거니까, 그게 가장 중요하고 훌륭한 일이야. 뭐든 좋아, 뭔가를 계속 만들어만 간다면."

나베 씨는 그렇게 말하고, 내 등을 두드리며 격려해주었다. 그리고 우리 둘은 어깨동무를 하고 신주쿠를 이리저리 누비고 다녔다.

"야마자키, 이왕 에로 잡지를 만들 거면 일본 최고의 에로 잡지를 만들어. 일본 최고의 에로 잡지 편집자가 되는 거야."

나베 씨는 웬일로 평소답지 않게 잔뜩 취했다. "한 잔 더 하자, 한 잔만 더 하자"라며 가게를 나올 때마다 콜럼버스 동상처럼 네온의 바다를 향해 손가락질을 했고, 두 사람은 곧이어 나베 씨가 손으로 가리킨 가게로 밀어닥치듯 들어갔다.

"야마자키, 뭐든 좋으니까 자신감을 가져. 자신의 능력을 믿는 거야. 자네는 반드시 일류가 될 수 있어. 그러니 자신감을 가져. 아무리 작은 일이라도 좋으니 자신감을 갖고, 그걸 잘 연결해가라고."

그리고 이런 말도 덧붙였다.

"유키코랑 결혼해. 함께 살아. 그리고 개처럼 자식을 많이 낳아."

엉망으로 취한 나베 씨가 내 귓가에 대고 줄기차게 소리쳤다. 몇 차를 갔는지, 대체 신대륙을 몇 개나 발견했는지, 그것조차 알 수 없었다.

정신을 차리니 하늘이 밝아오기 시작하고, 까마귀들은 파란 플라스틱 양동이를 엎어서 음식 찌꺼기를 헤집고 있었다. 그런데도 나베 씨는 멈출 줄을 몰랐다.

"자기 자신을 믿어. 유키코랑 애를 낳아."

마치 염불처럼 그 말만 되풀이했다. 그리고 급기야 마지막에 이렇게 말했다.

"난 자네랑 헤어지고 싶지 않아. 가게랑 야구도 계속 같이하고 싶었어"라고.

그 말은 내 가슴에 직격으로 와 닿았다. 기뻤고, 그리고 슬펐다. 왜 기쁜지 왜 슬픈지는 알 수 없었다. 이유나 이치를 넘어서서 나는 그저 어찌할 수 없는 감정의 급류에 몸을 내맡길 수밖에 없었다.

"자기 자신을 믿어. 그리고 유키코랑 애를 만들어."

한층 큰 목소리로 나베 씨가 소리쳤다.

그리고 그것은 나베 씨가 내게 들려준 마지막 말이 되고 말았다.

⌁

새로운 뭔가를 향해 손짓을 하는 콜럼버스처럼 용감했던 그 날, 나베 씨는 나리타공항에서 저녁 비행기 편으로 난생처음 해외여행을 떠났다.

행선지는 뉴욕이었다.

처음 보는 브로드웨이와 자유의 여신상과 마천루의 풍경들이 나베 씨의 눈에는 과연 어떻게 비쳤을까. 영어를 거의 못 하는 나베 씨였지만, 그런데도 나름 이국의 문화를 접하며 즐거운 시간을 보냈을까.

그것은 나로서는 알 길이 없다.

뉴욕에서 돌아오는 나베 씨 위로 소리도 없이 선녀가 내려와서 바위를 한 번 쓱 훑고 지나간 것이다.

소련군의 제트 전투기가 발사한 열추적 미사일이 바로 그 날 개옷이었다. 나베 씨가 타고 있던 대한항공기는 어떤 이유로 소련 영공을 침범했고, 아무리 도망쳐도 끝까지 쫓아오는 잔학하고 교활한 미사일에 격추되고 말았다.

나베 씨의 가방에는 다 들어가지 않을 만큼 선물이 가득 들어 있었을 게 틀림없다. 후유카와 아키나와 아기, 그리고 사토코 씨에게 줄 선물.

사건 관련 정보는 바닥에 흩뿌려진 지그소 퍼즐 조각처럼 혼란스럽기 그지없었다.

나베 씨가 경영하는 신주쿠의 작은 스낵바가 혼란스러운 정보들을 수집하는 대책본부처럼 변해서 수많은 지인들이 몰려들었다. 누구나 한결같이 분노에 휩싸였고, 때로는 텔레비전 카메라를 향해 성난 고함을 질러댔다. 텔레비전은 그 모습을 가차없이 계속 흘려보냈다.

한때는 소련에 강제 착륙되었다는 정보가 지배적이라 그곳 분위기도 한순간 희망에 부풀기도 했다. 그러나 그것은 곧바로 오보이거나 소련 정부 혹은 일본 정부가 의도적으로 흘린 유언비어이며, 아무래도 격추됐을 가능성이 농후하다는 보도로 바뀌어갔다.

설마하니 무기도 소지하지 않은 민간인을 태운 여객기가 제트 전투기 미사일에 맞아 격추될 리는 없다고 나는 생각했다. 아무리 영공을 침범했다손 치더라도 그 이유만으로 몇백 명이나 되는 승객의 목숨을 앗아가는 일은 절대 용납될 수 없다.

승객은 누구 한 사람도 영공을 침범한 줄 몰랐을 테고, 아마도 그저 편안히 잠들어 있었을 것이다.

텔레비전 화면에 아기를 안고 미친 듯이 울부짖는 사토코 씨의 모습이 비쳤다. 그런 사토코 씨의 무릎에 매달리며 후유카와 아키나가 흐느껴 울었다. 한없이 좋아하는 아빠를 환영하려고 두 아이는 머리를 예쁘게 땋은 모습이었다.

나베 씨는 죽었다.

몇몇 개의 설마가 겹쳐지며 현실이 되고 말았다. 그 결과 나베 씨는 죽었다.

나는 격추라는 예리한 칼날에 깊숙이 찔린 채, 무릎을 끌어안고 벽에 기대어 도리쓰카세이의 자취방에 틀어박혔다. 어찌할 바를 몰랐고, 아무런 기력조차 없었다. 그저 시간이 지나가기만을 마음속으로 빌고 또 빌었다.

미사일에 명중되어 불덩이로 변해 추락하는 비행기는 머지않아 엄청난 굉음과 함께 사할린 부근의 캄캄한 바다에 격돌했을 것이다. 비좁은 여객기 좌석의 안전벨트에 묶이듯 앉아 있던 나베 씨는 옴짝달싹도 못한 채 바닷속으로 가라앉는다. 어두운 바다의 어두운 바닥으로. 나베 씨 주위에는 세 아이에게 줄 선물이 이리저리 튀며 흩날렸을지도 모른다. 미키마우스와 도널드덕, 스누피와 마릴린 먼로, 누가와 키스초콜릿, 아마도 아이들을 위해 사 모은 온갖 알록달록한 선물들에 에워싸여 차디찬 암흑의 바닷속으로 가라앉았을 나베 씨 …….

시간이 얼마나 흘렀을까. 텔레비전은 이윽고 모든 정규 방송을 종료하고 별안간 정지했다. 거기에는 언제까지고 그치지 않는 6월의 비처럼 불쾌한 정지 화면만 마냥 비쳤다.

식탁 위의 빈 맥주 캔이 산더미처럼 쌓여서 금방이라도 산사태를 일으킬 것 같았다. 맥주를 몇 개나 마셨는지, 몇 시간이나 거기에 줄곧 앉아 있었는지, 나는 적어도 그것만이라도 정리해 보려 했다.

그러나 그 모든 게 뜻대로 풀리지 않았다. 오늘 하루 동안 일어난 일을 무엇 하나 서랍 속에 넣을 수가 없었다.

그때 갑자기 내 방의 초인종이 울렸다.

나는 휘청거리듯 일어서서 현관문 외시경으로 밖을 내다보았다.

낯익은 여자가 문 앞에 서 있었다.

"나베 씨가 죽었어. 나, 무서워"라고 그녀가 말했다.

"너무 무서워서 견딜 수가 없어. 부탁이야, 야마자키, 문 좀 열어줘."

이쓰코였다.

나는 방 자물쇠를 풀었다.

이쓰코는 안으로 들어오자마자 무너져 내리듯 내 품으로 달려들더니 "무서워, 무서워"라며 어린애처럼 울부짖었다.

나는 선 채로 이쓰코를 안고 등을 어루만져주었다. 그것 말고 대체 뭘 어떻게 해줘야 할지 상상도 할 수 없었다.

내 가슴에 얼굴을 파묻고 흐느껴 울던 이쓰코가 차츰 조용해졌다. 그런데도 "흐윽, 흐윽" 하며 이따금 가슴을 희미하게 떨었다. 경련하는 듯한 그 떨림이 내 손에 고스란히 전해졌다.

내 품속에 있던 이쓰코의 얼굴이 이윽고 조금씩 주의 깊게 아래로 내려가기 시작했다. 그리고 내 바지에 다다르자, 오른손으로 지퍼를 내렸다. 팬티를 뒤적여 그 속에서 페니스를 끄집어내더니 아무런 망설임도 없이 입에 덥석 물었다.

이쓰코의 입 안은 젖어 있었고 따뜻했다. 이쓰코는 마치 내 존재를 끌어들이듯 축축한 입 속으로 페니스를 빨아들였고, 얼굴을 천천히 앞뒤로 움직이기 시작했다.

나는 허둥지둥 이쓰코의 머리를 억눌렀다. 그러나 억누르면 억누를수록 이쓰코는 분명한 의지를 가지고 머리를 움직였다.

이루 말할 수 없는 쾌감이 온몸으로 번져갔다. 마치 바닷속으로 산산이 흩어져가는 원색의 봉제 인형 같은 쾌감의 소용돌이. 이윽고 나는 그 짜릿한 쾌감을 견디지 못하고 그대로 이쓰코의 입 안에 사정했다.

나는 그날 밤, 나베 씨가 죽은 날 밤, 완전히 방향을 잃고 미친

듯이 몇 번이고 몇 번이고 이쓰코의 부드러운 성기 안에 사정했다. 이쓰코는 짐승처럼 울부짖고, 아우성치고, 그리고 마치 자기 몸의 제어 기능을 모두 방기해버린 듯이 격렬하게 온몸을 떨었다. 자기 안에 깃든 죽음의 그림자를 쫓아내듯, 마치 튜브를 비틀어 마지막 한 방울까지 다 짜내듯 격렬하게 허리를 움직였고, 오로지 그 가느다란 사지를 경직시키며 끝없는 경련을 되풀이했다.

그로부터 일주일쯤 지난 어느 날, 유키코와 나는 신주쿠의 찻집에 있었다.

"와타나베 씨가 죽었어"라고 유키코가 말했다. 그 얼굴은 인형처럼 창백하고 눈꺼풀은 부어 있었다.

"야마자키도 충격이었겠지. 나도 정말 뭐가 뭔지 통 모르겠어"라며 유키코가 눈을 내리떴다.

그리고 두 사람은 나베 씨의 화제를 피해가듯 대수롭지 않은 세상 사는 이야기를 시작했다. 그러나 대화는 전혀 무르익지 않았고, 피하면 피할수록 나베 씨의 상실감은 오히려 더 두드러지는 기분이 들었다. 유키코와 나는 거기에는 닿지 않으려고 나베 씨의 추억 주위를 검은 물감으로 빈틈없이 칠했지만, 결국은 그 속에서 새하얀 모습이 보다 선명하게 떠오르는 어쩔 수 없는 모순에 맞닥뜨렸다. 무슨 얘기를 하면 할수록 피해 지나치고 싶었던 모습만 눈에 들어오고 말았다.

그렇다 보니 머지않아 대화는 끊겼다.

침묵 외에는 그 모순에 대항할 수단이 떠오르지 않았기 때문이다.

"으음, 야마자키."

삼십 분쯤 침묵이 흐른 후, 유키코가 불렀다.

"응?"

"이 침묵 말이야, 우리 둘이 만났던 산구바시 찻집이 떠오르지 않아?"

"어어, 그러네"라고 나는 건성으로 대답했다.

"그때 네가 나한테 들려줬던 스웨덴의 록 밴드 얘기, 기억나?"

"응."

"내가 생각해봤는데"라고 유키코가 내 눈을 똑바로 쳐다보며 말했다.

"앞으로 나, 좋은 곡을 많이 써야겠지."

그리고 나지막하지만 맑고 깨끗한 목소리로 이렇게 덧붙

였다.

"이쓰코가 부를 수 있는 곡."

그리고 유키코는 조용히 자리에서 일어섰다.

나는 멍하니 밖을 내다보며 유키코가 돌아오길 기다렸다.

저녁 무렵의 신주쿠 거리는 변함없이 몹시 혼잡했다. 가족들 모습도 보이고, 다정한 커플도 있고, 초로의 부부도 있었다. 귀가를 서두르는 사람도 있었고, 이제부터 번화가로 몰려가는 사람들도 있었다.

검은 가죽 재킷을 걸치고 온몸에 치렁치렁 은색 사슬을 휘감은 젊은 남자도 있었고, 시너에 취한 듯 눈빛이 흔들리는 빨간 머리 여자도 있었다. 스쳐 지나가는 여성에게 모두 말을 걸며 치근덕거리는 남자, 그에게서 도망치는 여자도 있었고, 걸려드는 여자도 있었다.

「어크로스 더 유니버스(Across the Universe)」라는 존 레논(John Lennon, 영국의 세계적인 4인조 록 밴드인 비틀스의 멤버)의 발라드가 별안간 내 머릿속에서 흐르기 시작했다.

꼬리를 물며 나타났다 사라져가는 압도적이고도 끝없는 인파를 바라보던 중, 왜 그랬을까, 갑자기 눈물이 솟구쳐서 도저히 멈출 수가 없었다.

이렇게

나는

우주를

가로지르고 있는 걸까?

닦고 또 닦아도 새로운 눈물이 볼을 타고 흘러내렸다.

나는 언제부터인가 내 안에 확실하게 싹터버린 소외감 같은 것을 너무도 리얼하게, 그리고 끔찍할 정도로 구체적으로 실감했다. 그것은 눈앞의 유리창이며, 그 너머에 있는 너무나 무관한, 그러나 가공할 만한 숫자의 인간들 모습이었다.

이렇게 나는 어쩔 도리 없이 그저 휘청휘청 우주를 가로질러 가는 걸까.

"자기 자신을 믿어"라는 나베 씨의 외침이 들렸고, 그것은 산산이 흩어진 원색의 인형과 함께 암흑 속으로 가라앉았다. 그리고 강바닥에 드러누운 나를 향해 손을 흔드는 유키코의 모습이 뇌리에 떠올랐다. 나와 세상을 이어주기 위해 열심히 손을 흔들며 나를 강바닥에서 끌어 올려준 유키코. 옅은 레몬색 원피스와 새하얀 카디건.

유리창 너머로 보이는 사람들은 나와는 너무나도 먼 존재처럼 느껴졌다. 아이들과 젊은이들과 노인들은 태평한 미소를 머

금고 있었다. 그러나 미소 띤 그 얼굴은 모두 다른 쪽을 향하고
있었다.

거리를 걸어가는 사람들은 나와는 너무나 무관했다. 그것은
충분히 알고 있었고, 몇 년 전부터 이해하고 납득했던 것이다.
그런데 그 사실이 그 순간 나에게는 감당할 수 없을 만큼 서글
펐다.

여기를 가로지른 나는 대체 어디로 향하는 것일까?

할 수 없이 나는 늘 그렇듯 숫자를 헤아리기 시작했다.

그리고 1,123명을 헤아린 순간, 나는 문득 깨달았다.

설령 몇만 명을 헤아리려도 유키코는 이제 두 번 다시 돌아오지
않는다는 것을.

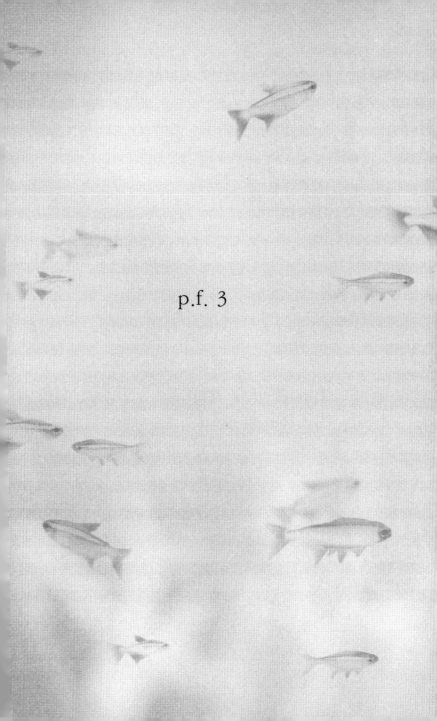

p.f. 3

사와이 씨의 딸 요코에게 아버지 상태가 이상하다는 전화가 온 것은 오전 여덟 시 무렵이었다. 나는 지독한 숙취 때문에 머릿속에 심벌즈를 계속 두드려대는 원숭이가 열 마리나 들어앉은 상태였다. 원숭이는 뭔가에 잔뜩 짜증이 난 듯이 죽어라 심벌즈를 두드려댔다. 격렬하게 그리고 규칙적으로.

나는 냉장고에서 물을 꺼내 연거푸 두 잔을 들이켜고, 얼음 한 조각을 입에 물고 집을 나섰다.

신주쿠 방면으로 가는 전철 안에서 신문을 읽는 척하며 오로지 구토를 참느라 여념이 없었다. 술 냄새가 워낙 지독했는지, 만원 전철 여기저기에서 따가운 시선이 날아들었다.

'출장 교정 이틀째군.'

마음이 불편했지만, 나는 마비된 것 같은 머리로, 가까스로 기능하는 아주 작은 부분으로 그런 생각을 떠올렸다. 열 마리였던 원숭이는 어느새 서른 마리로 증가했고, 그들은 질서정연하게 정렬해서 심벌즈를 계속 두드려댔다. 요컨대 거의 최악의 숙취였다.

기다시피 요쓰야에 있는 병원에 도착하자, 사와이 씨가 침대 위에서 애벌레처럼 꿈틀거리고 있었다. 팔다리는 침대에 묶여 있었다.

"야마자키 왔나? 거기 있어?"

그렇게 외친 사와이 씨의 시선은 그저 정처 없이 두리번두리번 허공을 헤맸다. 혈압도 맥박도 호흡 수도 어제와 비교하면 현저하게 저하되었다는 사실을 옆에 놓인 기계가 냉혹하게 일러주었다.

"야마자키, 자네 있나?"

침대 바로 옆에 서 있는 나를 향해 사와이 씨가 외쳤다. 의식이 혼탁한 게 분명했다.

"사와이 씨."

내가 큰 소리로 불렀다.

"야마자키. 야마자키야?"

"네. 여기 있습니다."

"배추흰나비가 내 혀로 날아들어서 알을 낳았어."

요코가 내 귓가에 대고 "아침부터 계속 저 소리만 해요"라고 속삭였다.

"작고 노란 알을 잔뜩 낳았다고. 혀 안쪽에다. 그걸 빼내야 해, 알이 부화되기 전에 빼버려야 할 텐데, 도무지 뺄 수가 없어."

사와이 씨는 그렇게 말하며 침대에 묶인 팔다리를 버둥거리려 했다.

"오늘 아침에 자기 손톱으로 혀를 마구 할퀴는 바람에 베개가 피투성이가 됐어요. 그래서 간호사가 팔다리를 묶었죠. 안정제를 놨지만, 전혀 효과가 없는 모양이에요. '야마자키, 야마자키'라고 계속 소리치며 찾으셔서 ……"라고 요코가 미안해하듯 내게 말했다.

"야마자키, 정신 바짝 차려. 방심하지 마. 어둠 속에 물고기가 숨어 있어."

사와이 씨가 그렇게 말하더니 눈을 번쩍 부릅떴다. 그러나 그 눈에 내가 보이지 않는 것은 명백했다.

"배추흰나비 알이야"라고 사와이 씨가 소리쳤다.

나는 침대에 묶여 있는 사와이 씨의 손목과 흰 끈을 내려다보았다. 그것을 풀어주고 싶었다. 내가 지금 사와이 씨에게 해줄 수 있는 일은 그것뿐인 것 같았다. 그러면 사와이 씨는 또다시 자기 혀를 손으로 잡아 뜯으려 할까. 설령 그렇더라도 상관없다는 생각이 나는 들었다. 이렇게 팔다리가 묶인 채로 죽어가는 것보다는 혀를 할퀴어서 피투성이가 되더라도 사와이 씨의 몽롱한 의식 한 귀퉁이에 낳아놓은 배추흰나비 알을 제거해주고 싶었다.

내가 그를 묶어놓은 끈에 손을 얹었다.

요코는 내가 뭘 하려는지 금세 이해한 듯했다.

"야마자키 씨. 저도 계속 똑같은 생각을 했어요. 그래서 그걸 대신 해줬으면 하는 마음에 당신을 불렀는지도 몰라요. 하지만 그만두는 게 좋아요. 아버지를 위해서도 틀림없이 그만두는 게 좋을 거예요."

요코가 끝내 울음을 터뜨리며 주저앉고 말았다.

"사와이 씨"라고 내가 큰 소리로 불렀다. 그러나 사와이 씨의 귀에는 내 말이 들리지 않았다. 나는 소리 안 나는 심벌즈를 계속 두드리는 양철 원숭이처럼 조바심이 났고, 안타까웠고, 그리고 무력감에 빠졌다.

"야마자키, 물고기가 노리고 있어."

사와이 씨는 그렇게 말하며 몇 번이나 몸을 일으키려 했다. 그러나 사와이 씨를 엄습한 거대한 운명의 누름돌이 매번 가로막았고, 사와이 씨는 그 누름돌에 저항하듯 계속 몸부림을 쳤다.

의사와 간호사가 분주히 병실로 들어오더니 요코에게 가족을 부르라는 지시를 내렸다.

요코와 나는 병실에서 나왔다. 긴 병원 복도를 걸어가며 요코가 말했다.

"아침부터 '야마자키, 야마자키' 소리뿐이었어요."

"십구 년이나 책상을 나란히 하고 일했으니까요."

"그런데 아버지가 왜 그랬는지 알 것 같은 기분이 들어요. 야마자키 씨는 끈을 풀어주려고 했잖아요. 그것만으로도 됐어요. 정말 감사합니다."

그렇게 말하는 요코의 얼굴에 미소가 떠올랐다. 그 모습을 보고 나는 할 말을 잃었다. 그 작은 미소와 어렴풋이 움직이는 입술 모양이 사와이 씨와 너무나 비슷했기 때문이다.

출장 교정실은 권태의 한복판에 있었다. 그 권태감을 상징하듯 방 안에는 갈 곳을 잃은 담배 연기만 가득했다.

교정 담당자 오누마는 중얼중얼 혼잣말을 하며 낱말 맞히기와 격투를 벌이고 있었다. 이가라시는 고작 열 줄짜리 편집 후기를 쓴다고 벌써 몇 시간째 끙끙거리고 있었다. 연필로 썼다 지우개로 지우고, 원고지를 구겨서 집어 던지고 새 원고지를 끄집어내는 짓을 하염없이 반복했다. 이것은 출장 교정이 막바지로 접어들 때마다 이가라시가 하는 항례 행사이니, 그 나름대로 교정 완료에 대한 마음의 준비 같은 의식일지도 모른다. 디자이너로서 감당해야 할 역할이 거의 종료된 사나에는 책상에 엎드려 깊이 잠들어 있었다.

잡지의 출장 교정이라는 작업은 바쁠 때는 그야말로 눈이 돌아갈 지경이지만, 어느 순간 갑자기 아무 할 일이 없어지고, 그런 상태가 몇 시간씩 계속되기도 한다. 기본적으로는 교정쇄를 확인하고 오류 부분에 빨간 표시를 해서 인쇄 현장으로 돌려보내고, 수정을 마친 재교를 확인하고 그것을 16페이지 단위로 정리해가는 반복적인 작업이다. 그런데 마감일을 훌쩍 넘겨서 원고를 넘기는 작가도 많아서 인쇄소와 편집부가 최종적인 타격을 입을 수밖에 없다. 그렇다 보니 어른이 몇 명씩이나 모여서 그저 애꿎은 담배만 피워대며 마지막 교정쇄가 완성될 때까지 벌을 서야 하는 상황이 벌어진다.

시계는 새벽 한 시를 가리키고 있었다.

나는 교정실에서 나와 포로수용소를 연상케 하는 미로처럼 얽힌 건물 복도 한구석으로 담배를 피우러 나갔다.

창을 열고 바라본 하늘은 캄캄했다. 별도 달도 보이지 않고, 두툼한 구름이 내리누를 듯이 뒤덮여 있었다. 그런데도 창도 환기 장치도 없는 출장 교정실을 벗어나면, 마비되어가던 팔다리에 조금씩 피가 도는 것 같은 해방감을 맛볼 수 있다.

창으로는 거대한 인쇄소의 투박한 공장 형태가 보일 뿐이다. 그런데도 나는 왠지 이곳이 좋아서 늘 여기에서 한숨을 돌리곤 했다. 나무도 드넓은 하늘도 보이지 않고, 그저 여기저기에 파이프가 튀어나온 작은 창밖에 없는 공장이 보일 뿐이다. 그러나 그 안에서 들려오는 나지막하고 규칙적인 인쇄기 소리와 은은하게 풍겨오는 잉크 냄새는 지칠 대로 지친 머리와 육체에 안도감과 새로운 힘을 불어넣어 주는 것 같았다.

내 머릿속에 떠오른 것은 교정 완료 직전인 교정쇄나 죽음을 앞두고 병상에서 애벌레처럼 꿈틀거리는 사와이 씨의 모습이 아니었다.

유키코였다.

나는 새 담배 한 개비를 가슴 주머니에서 꺼내 불을 붙였다. 창으로 흘러드는 인쇄 공장의 찌뿌둥한 공기와 함께 담배를 가슴 깊이 빨아들였다. 신음하듯 나지막하게 작동하는 인쇄기 소리가 배 속 깊은 곳을 계속 간질이는 기묘한 감각을 내게 안겨주었다.

유키코는 완벽하게 침묵을 고수했다.

전화는 당연히 받지 않았고, 편지를 몇 통씩 보내도 아무런 반응이 없었다. 유키코의 아파트까지 가서 밖에서 기다린 적도 몇 번이나 있었지만, 인기척조차 느껴지지 않는 게 대부분이었다.

나베 씨의 갑작스러운 죽음이 유키코에게 심상치 않은 충격이었을 거라는 상상은 쉽게 할 수 있었다. 그리고 이쓰코와 내가 저질러버린 짓이 상처 입은 그 마음에 또다시 타격을 입혔다는 것도 이해할 수 있었다.

유키코가 이대로 내 앞에서 사라져버리는 상황을 받아들여야 한다는 생각이 들었다. 사실은 용서를 구하고 원래대로 관계를 되돌리고 싶었지만, 그건 내 멋대로의 희망일 뿐 이뤄질 수 없는 일이라는 것도 알고 있었다.

그러나 한 번은 사과하고 싶었다.

편지가 아니라 실제로 만나서 얼굴을 맞대고 사과하고 싶었다. 그런 마음도 몇 번이나 써서 편지로 보냈지만, 유키코에게는 아무런 반응이 없었다.

신주쿠에서 치러진 나베 씨의 장례식에도 유키코는 모습을 드러내지 않았다.

나는 강바닥에 가라앉아 누워 있을 유키코를 상상했다. 그 모습을 상상하면, 마음이 너무 아파서 옴짝달싹할 수 없었다. 이번에는 내가 무슨 수를 써서든 그 상황에서 그녀를 일으켜줘야 할 것 같았지만, 나에게 그럴 자격이 없다는 것을 알아차리고 그저 조바심만 쌓여갔다.

그런 상태가 한 달쯤 지난 어느 날, 유키코에게 보낸 편지가 수취인 불명으로 반송되었다. 전화를 걸자, 이제까지 들리던 호출음의 홍수가 아니라, 이 전화번호는 현재 사용되지 않는 번호라는 무기질적인 테이프 음성만 되풀이되었다.

유키코는 내 앞에서 완전히 모습을 감췄다. 혹은 그러려고 노력하고 있었다.

친구나 사토코 씨를 통해 소식을 알아볼 방법은 있었지만, 아무래도 그것은 망설여졌다.

이윽고 이런 생각이 들었다.

유키코는 내 앞에서 사라지려고 필사적이다. 그렇다면 그렇게 하게 내버려 두는 게 내가 할 수 있는 최선이지 않을까.

가슴에 뻥 뚫린 바람구멍은 컸지만, 나는 그것을 견뎌내기로 결심했다. 유키코는 나에게서 도망치고 싶은 것이다, 그렇다면 이제 그만 쫓기로 하자.

유키코가 보낸 한 통의 편지가 내 아파트에 도착한 것은 그로부터 석 달쯤 지난 어느 날이었다.

잘 지내냐고 해야 할지, 미안하다고 해야 할지. 지금의 나로서는 그것조차 알 수 없습니다.

이미 알고 있겠지만, 이사했습니다. 그것이 와타나베 씨가 세상을 떠나고 내가 한 단 한 가지 일입니다. 그리고 이 편지를 쓰는 게 아마 두 번째일 겁니다.

야마자키에게도 분명 충격이었을 거라고 지금은 생각합니다. 그리고 이쓰코 역시 충격이었을 거라고.

야마자키가 보낸 편지는 모두 뜯어보지 않고 그냥 버렸습니다. 미안해요. 거기에 무슨 말을 썼는지 안 읽어봐도 알 것 같았기 때문입니다. 이번 일로 내가 얼마나 나약하고 한심한 인간인지 깨달았고, 그래서는 안 된다고 생각하고 있습니다.

다시는 강바닥에는 드러눕지 마세요. 혼자 강하게 살아주세요. 그것이 나와 당신이 사귄 의미일 테니, 만약 당신이 그게 불가능하다면 우리 둘이 함께했던 삼 년간은 아무 의미도 없는 거나 다름없겠죠.

두 사람에게는 분명 벌이 필요하다고 생각합니다.

와타나베 씨가 죽은 날 당신을 혼자 방치했던 나와 당신이 벌인 일에 대한 벌.

야마자키가 나를 사랑하고, 내가 야마자키를 사랑하고,

그 사랑이 정말로 진심이었다면 두 사람은 이 세상 어딘가에서 반드시 재회하게 될 겁니다. 나는 그것을 믿고, 거기에 기대를 걸어보겠습니다.

당신이 또다시 길을 잘못 들어서 내가 울고 있는 찻집으로 우연히 들어오는 날을 ……

야마자키의 솜털처럼 애매모호한 다정함을 나는 진심으로 사랑합니다.

안녕.

가와카미 유키코

"유키코, 내 말은 듣고 있어?"

유키코에게 보낸 개봉되지 않은 편지는 대부분 이런 첫 문장으로 시작했다.

유키코의 편지를 받고 나는 내 말이 그녀에게 닿지 않았음을 알았고, 유키코가 나를 깊이 사랑했다는 것도 알았다.

솜털처럼 애매모호한 다정함.

그러나 그것뿐이었다.

나는 강바닥에 드러눕는 것만은 피해야 한다고 결심하고, 매일같이 문인출판에 출근해서 〈월간 이렉트〉 편집 작업에 몰두했다. 일요일에도 공휴일에도 체력이 허락하는 한 열심히 일했다. 몸을 움직이며 일에 집중하면 유키코를 잊을 수 있었고, 그것 말고는 달리 시간을 보낼 방법을 떠올릴 수 없었다. 마음만 있으면 할 일은 얼마든지 널려 있었다.

유키코는 벌이 필요하다고 썼다. 그 말이 맞을지도 모른다는 생각이 들었다. 그러나 내게는 그로부터의 구제 또한 필요했다. 그것이 내가 편집에 몰두하는 가장 큰 이유였을지도 모른다.

벌써 마지막 교정쇄가 완성될 무렵인가 하고 나는 담배를 피우며 생각했다. 시계는 벌써 새벽 두 시를 가리키고 있었지만, 줄줄이 늘어선 출장 교정실은 어느 방이나 훤히 불이 밝혀져 있었고, 인쇄기는 쉼 없이 돌아갔다.

"역시 여기 계셨네요"라며 사나에가 허겁지겁 달려왔다.

"지금 이가라시 씨가 연락을 받았는데, 사와이 씨가 돌아가셨대요."

"그렇군."

"병원 가실 거죠?"

"마지막 교정쇄는 나왔나?"

"네, 방금."

"그럼, 그것만 보고 가지. 마지막 대수 오케이하고."

"사와이 씨가 결국 돌아가셨네요. 아무것도 해드리지 못했는데."

사나에가 목소리 톤을 낮추며 말했다.

"이제 와서 그런 생각 해봐야 무슨 소용이겠어. 일에 전력을 쏟읍시다. 사와이 씨가 만든 잡지잖아. 게다가 이번 호 편집인은 사와이 씨야."

"그러네요."

"그것밖에 할 수 없다는 말은 할 수 있는 일이 남아 있다는 뜻이기도 해."

사나에와 나는 미로처럼 복잡하게 얽힌 복도를 지나서 출장 교정실로 돌아갔다. 출장 교정실에서 흘러나오는 불빛 행렬이 그토록 믿음직스럽게 느껴진 적은 없었다.

방으로 돌아가자, 필자인 다카기가 와 있었다.

"미안하게 됐군."

"어, 왔어."

"으응. 조금 전에."

"미안하다니?"

"내 원고가 늦어지는 바람에 사와이 씨 임종도 못 지켜드렸잖아."

"뭐, 그렇지."

"그래서 미안하다는 거야."

"그렇지만 자네 원고 늦는 거야 매달 되풀이되는 일이잖아. 그러니 사과할 거 없어"라고 내가 말했다.

병원 복도 한구석에 앉아 아무 도움도 못 주고 사와이 씨의 죽음만 기다리는 것보다는 아무리 포로수용소 같아도 이곳에서 편집 작업을 하는 게 훨씬 나았다. 사실은 다카기에게 감사하고 싶은 심정이었다.

나는 완성된 다카기의 교정쇄를 훑어보고, 마지막 한 대를 정리해서 빨간 펜으로 오케이 사인을 했다. 그것으로 이번 달 호의 모든 작업이 완료되었다.

교정을 마친 이가라시는 오누마를 데리고 이미 자리를 뜨고 없었다.

"한잔하러 갈까?"라고 내가 사나에와 다카기에게 물었다.

"야마자키 씨는 아무래도 지금 병원에 가보는 게 좋지 않을까요?"라고 사나에가 말했다.

"그런가."

"나도 같은 생각이야"라고 다카기가 말했다.

"저랑 다카기 씨 둘이 먼저 마시고 있을 테니 나중에 합류하세요. 그게 좋겠어요."

"알았어. 그럼 그렇게 하지."

그렇게 세 사람이 출장 교정실에서 나왔을 때는 이미 새벽 두 시 반을 지나고 있었다.

"솜털처럼 애매모호한 다정함"이라고 나는 신주쿠에서 니시 오기쿠보로 향하는 택시 안에서 몇 번이나 중얼거렸다.

오우메 가도를 달리는 택시에서 바라본 경치가 어제 본 풍경과 너무나 비슷하다는 사실에 나는 놀라워하고 있었다. 엉겨 붙듯이 줄기차게 내리는 가랑비로 차창은 뿌옇게 흐려 있었다. 대체 이 비는 몇십 시간이나 내려야 그칠까. 파란 신호와 자동차의 붉은 브레이크 등이 창을 적시는 비에 녹아들듯 빛을 발하고 있었다.

명백하게 달라진 점을 든다면, 내가 어젯밤처럼 지독히 취하지 않았다는 사실, 그리고 사와이 씨가 이미 이 세상에 없다는 사실이었다.

사와이 씨가 이 세상에 없는 게 아니라, 사와이라는 물체였던 인간이 이 세상에 없다는 의미다. 사와이 씨는 여전히 분명하게 내 안에 존재했다. 이미 죽어버린 톰이 내 마음속에서는 매일 살아서 뛰어다니는 것처럼 사와이 씨는 내 안에 있었다.

누군가의 말처럼 죽음이란 투명해져가는 의미라면, 나한테 사와이 씨는 조금도 투명해지지 않았다. 지금 택시 뒷좌석에서 보이는 차창처럼 투명하지 않았다.

영안실 복도에 있는 긴 의자에 요코가 오도카니 앉아 있었다.

"저기요, 야마자키 씨"라고 나를 알아본 요코가 입을 열었다.

"향냄새가 너무 짙은 것 같지 않아요?"

영안실에서는 분명 향냄새가 떠다니고 있었다.

"병원이란 데가 다 이런 걸까요?"

"흐음, 글쎄요."

"안 그래요? 여기는 중환자들이 많잖아요. 고통에 못 이겨서 잠 못 이루는 밤을 보내는 사람이 아주 많을 텐데. 그런데 향냄새가 이렇게 짙어도 될까요? 너무 심한 것 같지 않아요? 나라면 못 참았을 거예요. 이렇게 향냄새가 짙은 병원에 입원하다니."

나는 요코의 옆에 내려앉았다.

요코는 어깨를 떨며 소리 없이 울고 있었다.

"아버지가 가여워요. 분명 매일같이 침대에서 이 냄새를 맡았을 거예요. 어딘가에서 확연하게 흘러오는 죽음의 냄새를 ……. 난 조금 전까지는 몰랐어요. 병원에는 원래 소독약 냄새 같은 게 심하니까. 그런데 한밤중의 병원에서는 이런 냄새가 나네요.

이곳은 지하지만, 그래도 환자들은 분명히 알았을 거예요. 알았을 게 틀림없어요. 모두 그걸 알면서도 불평 한마디 없이 침대에 매달려 있는 거예요. 죽는 건 잘못이 아닌데, 병이 든 건 어쩔 수 없는 일인데, 모두 죄책감을 품고 자기가 나쁜 것처럼 의사에게도 간호사에게도 가족에게도 머리를 숙이고, 마치 나쁜 짓이라도 한 것처럼 침대에 묶이고, 이런 냄새를 맡으며 죽어가는 거예요."

나는 아무 말 없이 요코 옆에 앉아 있었다. 요코 말대로 병원은 분명 매우 리얼한 장소다. 그리고 아마 병원이라는 장소가 직면한 극한의 현실이 죽음일 테고, 그 극한이 일상적으로 일어나는 장소 또한 이곳일 것이다.

"아침에 야마자키 씨가 와주셨고, 그 후로 상당히 강한 링거 주사를 놓은 듯한데 효과가 전혀 없었나 봐요. 아버지는 계속해서 중얼중얼 신음했어요. 야마자키, 어둠 속에 물고기가 숨어 있어. 배추흰나비가 혀에 알을 낳았어. 야마자키, 거기 있나? 요코, 조심해. 네 혈관이 훤히 들여다보여. 아아, 저놈들, 귓속에까지 알을 낳다니, 아무 소리도 안 들려. 아무 소리도 안 들린다고. 야마자키, 방심하지 마, 물고기가 너를 노리고 있어. 그런 말을 열 시간이 넘도록 줄기차게 …… 죽기 직전까지."

요코는 단숨에 그렇게 쏟아내더니, 몸 안에 쌓여 있던 뭔가를 토해내듯 후욱 하고 큰 한숨을 내쉬었다.

"그렇군요"라고 내가 말했다.

"사와이 씨가 돌아가시는 순간까지 나에게 조심하라고 외치셨군요."

순간 가슴속에서 크고 뜨거운 덩어리가 느껴졌고, 코끝에서 눈시울로 가느다란 실 같은 슬픔이 싸하게 스치고 지나갔다.

"한 가지 꼭 묻고 싶은 게 있는데."

"뭔데요?"

"사와이 씨, 돌아가시는 순간까지 손발이 묶여 있었나요?"

"그때는 경황이 없어서 정확히 기억은 안 나지만, 아마 의사와 간호사가 에워싸고 청진기를 가슴에 델 때 간호사가 풀어준 것 같아요. 임종하셨다는 말을 듣고 내가 침대로 다가갔을 때는 풀려 있었어요."

"미안합니다. 이상한 걸 물어서."

"아뇨, 괜찮아요. 저도 왠지 그게 자꾸 걸렸으니까."

나는 영안실로 들어가서 사와이 씨의 유체를 향해 합장했다.

"고맙습니다"라고 말하고 싶었지만, 입 밖으로 나오지는 않았다. 내가 만약 그렇게 말했어도 배추흰나비 알로 점령당한 사와이 씨의 귀에는 그 소리가 들리지 않았을 것이다.

끈에서 해방된 사와이 씨가 조용히 누워 있었다.

"그것은 아무리 길고 긴 여행이라도 반드시 끝날 때가 온다는 것과 비슷하다"라는 《여로의 끝》의 한 구절을 사와이 씨가 내게 들려주었다.

누워 있는 사와이 씨를 보며 나는 생각했다.

분명 비슷했다.

그것은 너무나 비슷했다.

집으로 돌아온 나는 엉겨 붙는 강아지 두 마리를 안아 올리며 수족관 불을 켰다.

물의 투명도는 완벽에 가까워서 그곳에는 마치 이질적인 시간이 흘러갈 것만 같은 세계가 잔잔하게 펼쳐져 있었다. 코리도라스는 바닥에 잠들어 있었다. 자는 동안에도 두 마리씩 짝을 이뤄 손을 잡고 있는 것처럼 보이는 모습이 사랑스러웠다.

마치 실재하는 세계의 일부를 커터 칼로 도려낸 것 같은 공간이었다.

투명한 물, 그 속에서 흔들리는 짙고 옅은 풀들과 눈부시게 아름다운 원색의 물고기들을 보며 나는 숨을 들이마셨다. 아프리칸램프아이의 눈동자가 형광등 빛을 반사하며 신비로운 짙은 푸른빛을 머금기 시작했다.

병원에서 나와서 사나에와 다카기와 만나기로 한 술집으로 가긴 했지만, 세 사람 다 술도 대화도 전혀 진척이 없었다.

가끔 누군가가 무슨 말을 꺼내도 그 대화는 더는 발전하지 못하고 금세 끊겼다. 한동안 침묵이 이어지고, 누군가가 반쯤은 의무처럼 무슨 말을 툭 흘리곤 했다.

"왜 그래? 당신들 오늘 꼭 초상집에 온 것 같네"라고 여주인이 말했다. 그때만은 나와 다카기가 무심코 웃음을 터뜨리고 말았다. 헤어지기 힘든 마음은 각자 있었을 테지만, 서둘러 흩어지기로 했다.

"야마자키, 물론 충격이 크겠지만, 뭐라고 해야 할지 …… 아무튼 기운 내."

택시에 올라타는 나에게 다카기가 말했다.

나는 수족관 안에 있어야 할 새우 열두 마리를 헤아리기 시작했다. 여덟 마리까지는 금세 찾았지만, 그 후로 네 마리를 찾기는 무척 힘들었다. 지금까지는 열한 마리가 최고였다. 물에 녹아든 듯한 투명한 새우를 찾아내는 일은 여간 고역이 아니었다. 이끼를 먹은 새우는 몸 안을 통과하는 이끼의 초록빛이나 갈색을 숨길 수 없어서 쉽게 눈에 띈다.

일곱 마리까지 세고 다시 처음으로 돌아갔다. 그때마다 폴리스를 틀고, 새 담배에 불을 붙이고, 냉장고에서 새 맥주를 꺼냈다.

동쪽 하늘이 서서히 밝아왔다.

나는 새우 숫자를 헤아리며 여전히 인간의 기억의 구조에 관한 생각에 잠겨 있었다.

기억에는 분명 너무 가까이 다가가면 안 될 것 같은 위험이 느껴질 때가 있다. 플랫폼에 그어놓은 흰 안전선처럼 더는 들어가면 안 되는 영역이 있는 것 같았다. 그런데 모리모토가 정면으로 맞서며 그 선 안으로 크게 한 발짝 들여놓았으니, 결과적으로는 정신이 산산조각 나버린 것도 무리는 아닐지 모른다.

나에게도 떠올리고 싶지 않은 말이 있고, 색깔이 있고, 냄새가 있다. 잊어버리고 싶은 장면이 몇 개쯤 있다. 그러나 과거의 기억은 마음속에 들러붙어 버린 실(seal) 같아서 벗겨버리려 해도 좀처럼 떨어지지 않았다. 어느 순간을 도려낸 실은 선명하게 계속 마음속에 남아 있었다.

우리는 한번 만난 사람과 한번 내뱉은 말과는 두 번 다시 헤어질 수 없다. 십구 년 만에 유키코의 목소리를 들은 순간, 그것이 유키코라고 알아채 버렸듯이 기억에는 미처 다 헤아릴 수 없는 뭔가가 있다. 그 기억의 잔상에 묶여 있으면서도 나는 또 한편으로는 지금이라는 시간을 살아가야 한다.

수족관 안은 고요하고 평화로웠다. 초록빛 수초들 속에서 카디널테트라의 선명한 붉고 푸른 선이 빛을 반사하며 떠올랐다.

투명도가 높은 물은 그것을 바라보는 것만으로도 마음을 안정시켜주었다. 몇 번을 시도해도 아홉 마리까지밖에 셀 수 없는 새우들도 그렇다.

유키코와 모리모토에게 받은 전화, 사와이 씨의 죽음이라는 현실이 일으킨 파도도 조금씩 잦아들기 시작했고, 내 마음도 수족관에 동조되듯 투명한 고요함을 되찾아갔다.

모모는 자기 집에 벌렁 드러누워 배를 이쪽으로 드러낸 채 경계를 다 풀어헤치고 잠들어 있었다. 쿠 역시 거실 바닥에 배를 깔고 누운 자세로 잠들어 있었다.

찰칵찰칵 자물쇠를 돌리는 금속음이 현관에서 들려왔다. 그 소리가 난 순간, 개집에서 잠들어 있던 모모와 쿠가 벌떡 일어나 전속력으로 현관을 향해 달리기 시작했다. 아직 열리지도 않은 문에 앞발을 얹고 두 발로 서서 끙끙 어리광 섞인 소리를 내며 꼬리를 살랑거렸다.

이윽고 문이 열리고, "까악, 까악" 까마귀 울음소리 흉내를 내는 나나미의 목소리가 들려왔다. 모모는 만화영화처럼 짧은 다리를 전속력으로 놀리며 내 발치까지 달려와 급정거했다 그 자리에서 몸을 확 돌려 또다시 현관으로 달려갔다.

"까악, 까악" 소리를 내며 나나미가 양팔을 파닥파닥 위아래로 퍼덕거렸다.

나나미를 맹목적으로 좋아하는 모모는 무섭기도 하고 기쁘기도 해서 정신을 못 차렸고, 급기야 패닉 상태가 되어 오줌을 찔끔찔끔 흘리며 집 안 곳곳을 들다람쥐처럼 날래게 뛰어다녔다.

"하하하, 괜찮아, 괜찮아, 요 녀석 바보 같긴."

나나미가 모모를 달래며 한 손으로 번쩍 들어 올렸다.

"어이"라며 나나미가 내게 말을 건넸다.

"어이"라고 나도 대꾸했다.

"역시 아직 안 잤네."

"벌써 다섯 시가 됐나."

"응, 자, 선물이야"라며 나나미가 편의점 봉지에서 흑맥주 한 캔을 꺼내서 건넸다. 그리고 내 옆자리인 지정석에 앉더니 아무 말 없이 수족관을 바라보기 시작했다.

나나미는 니시오기쿠보의 편의점에서 아르바이트를 하는데, 일주일에 이틀은 밤샘 근무를 해서 일이 끝나면 우리 집으로 왔다.

나나미는 새우를 유난히 좋아해서 코리도라스를 끔찍이 싫어했다. 설마 그럴 리는 없겠지만, 코리 녀석이 새우 군을 처형하는 장면을 목격했다는 게 유일한 이유였다.

청바지에 하얀 티셔츠, 쇼트커트 머리인 나나미가 감자 칩을
베어 먹고 생수를 마시며 수족관을 바라보았다.

"새우 군, 다들 잘 있어?"

"아니, 아홉 마리까지밖에 못 셌어."

"그럼, 나도 세봐야지."

몇 년 전, 나는 사와이 씨에게 〈월간 이렉트〉의 모든 기획을
재구축하라는 명령을 받았다. 줄줄이 생겨나는 후발 에로 잡지
에 밀리는 분위기였던 〈월간 이렉트〉를 백지상태에서 다시 설
계해달라는 게 사와이 씨의 요구였다.

나는 약 두 달에 걸쳐 모든 페이지를 새로 짰고, 대부분의 연
재를 중단하고 몇 개의 대형 기획을 동시에 시작했다.

그중 하나가 '신주쿠 풍속양(여기에서 '풍속'은 일본의 '성풍속
산업'의 약자이며, '풍속양'은 이 업계에 종사하는 여성을 가리키는 말)
스토리'였다. 소위 말하는 야한 내용이 아니라, 굳이 말하자면
꽤 진지하게 다가서는 기획이었다. 제대로 된 번듯한 작가와 카
메라맨을 붙여서 그녀들의 삶이나 인간성을 파헤치는 철저한
취재를 했다.

"발기시킬 필요는 전혀 없다"고 나는 작가에게 신물이 나도록 주문했다. 이것은 메인 디시가 아니라, 레스토랑에 비유하자면 공짜로 주는 물 같은 거라고. 그런 만큼 정성껏 면밀하게 완성시켜서 맛있게 마실 수 있게 해야 한다.

처음 시작했을 무렵에는 이쪽의 의도를 정확하게 파악하는 작가가 없어서 어중간한 기획이 되고 말았다. 풍속양이 앞가슴을 풀어 헤치고, 흔해빠진 질문에 그냥 대충 대답하는 경우가 많았다.

그러나 풍속 전문 작가인 다카기 마사야에게 주문한 호부터 형세가 확연히 달라졌다. 다카기는 내 의도를 이해해서 일단 카메라맨에게 나체 사진은 절대 못 찍게 했다. 그리고 마침내 인터뷰 장소도 그녀들이 일하는 가게에서 찻집으로 바꿨다. 그리고 다카기는 특기나 짜증스러운 손님이나 성감대 같은 질문은 일절 하지 않았다. 어디서 나서 자랐고, 어떤 책을 읽었고, 어떤 사랑을 하며 어떤 인생을 보냈나 하는 내용들을 집요할 정도로 자세히 캐묻기 시작했다.

처음에는 부끄러워서 좀처럼 입을 열지 않던 풍속양들도 열성적인 취재와 배려가 묻어나는 다카기의 태도에 마음이 움직여서 띄엄띄엄 얘기를 풀어놓기 시작했다. 타인에게 아무렇지 않게 성기를 보여주고 만지게 해주고 핥게 해주는 풍속양들이 부모의 직업이나 초등학교 때 잘했던 과목 등의 질문을 받고 얼굴을 붉게 물들이며 고개를 숙이는 모습은 순진하고도 신선했다.

'성기를 보여주는 것보다 부끄러운 일'이라는 게 다카기가 맨 처음 받아낸 인터뷰 제목이었다.

그 글을 읽으며 가슴이 두근거렸다. 그녀들이 가지고 있는 본질적인 수줍음을 한 꺼풀 한 꺼풀 벗겨내는 것 같은 잔혹함과 자극이 느껴졌기 때문이다.

그래서 나는 그 기획을 다카기 한 사람에게만 맡기기로 했다. 그때부터 조금씩 반응이 오기 시작했다. 다카기의 기사는 주요 주간지나 월간지에서도 크게 다뤄졌고, 이윽고 신문이나 심야 텔레비전에서도 취재를 하러 왔다. 10회분을 모아서 대형 출판사에서 단행본으로 출간했는데, 눈 깜짝할 새에 베스트셀러가 되었다.

삼 년 동안 계속된 '신주쿠 풍속양 스토리'의 마지막 회를 장식한 사람은 당시 가부키초에서 최고 인기를 누리던 가나짱이었다.

대단한 미인도 아니고, 몸매가 탁월하지도 않았지만, 어쨌든 가나에게는 불가사의한 매력이 있었다.

가나의 주변을 취재하기 위해 단골손님들을 만나본 다카기와 나는 그 엄청난 호평과 아낌없는 찬사에 어안이 벙벙했다.

가나를 지명한 손님은 정해진 돈을 지불하면, 그녀를 불과 사십 분 동안만 자유롭게 마주할 수 있다. 그 시간 동안 가나는 자기가 갖고 있는 모든 능력을 동원해서 손님을 접대하며 긴장을 풀어서 해방시켜주고, 사정하게 해준다.

손님들은 자신의 지위도 입장도 자기를 지탱해주는 배경도 존재 이유조차도 아랑곳 않고, 그저 가나의 입에 모든 것을 내맡겼다.

"인간의 본질이란 게 뭐라고 생각해?"

가부키초의 찻집에서 한 다카기의 인터뷰는 그런 질문으로 시작되었다.

"인간의 본질?"이라고 되물은 가나가, "으음~"이라며 한층 높은 소리를 흘리더니 천장을 올려다봤다.

"뭔가에 비유한다면?"

"관管."

"뭐?"

"관 말이야. 인간은 복잡할지도 모르지만, 결국은 한 줄기 관이야."

"호스 말인가?"

"호스라기보다는 역시 관이야. 입구와 출구가 있는."

"그렇다면 인간관계는?"

"마찰."

"사랑은?"

"마찰열. 관과 관 사이에 생기는."

다카키의 인터뷰를 옆에서 듣고 있던 나는 더없이 간명한 가나의 대답에 감탄하고 말았다.

"그럼, 마찰이란 건 어떤 거지?"라며 다카키가 더 깊이 파고들었다.

"'그래, 그래, 착하지, 착한 아이야'라고 늘 마음속으로 생각하는 거"라고 대답하며 가나가 눈을 내리깔았다.

그리고 말을 이었다.

"사실은 다들 슬프니까."

"슬퍼?"

"그래. 실은 누구나 슬프다고 마음속으로 중얼거려. 그러면 가나도 점점 슬퍼져서 눈물이 나오려고 해."

그렇게 말하는 가나의 눈에 순식간에 눈물이 그렁거렸다.

"「올 마이 러빙(All My Loving)」이라는 노래 알아?"

"비틀스?"

"맞아. 그 선율이 머릿속에 흐르기 시작하고, 그러면 참을 수 없이 눈물이 나고 멈추질 않아. 가나보다 스무 살, 서른 살이나 많고 분명 나름대로 가정을 갖고 있거나 회사에서도 지위가 있을 테지만, 그 아저씨들의 페니스를 펠라티오하면서 '그래, 착하지, 착한 아이야'라고 마음속으로 읊조려. 사실은 모두 슬프거든. 아무리 잘나가는 것처럼 보이는 사람도, 우쭐거리며 시치미 뚝 떼고 걸어가는 사람도 누구나 채워지지 않는 빈틈 같은 걸 갖고 사니까. 다들 외로워, 가나는 그걸 알아. 그리고 가나도 왠지 늘 외로워. 그래서 열심히 펠라티오를 하는 거야. 손님의 외로움과 가나의 외로움을 마찰로 태워버리겠다는 마음으로 원시인이 불을 지피듯 계속 문지르는 거지. 관과 관 사이에 있는 어쩔 수 없는 빈틈을 마찰로 메워버리고 싶으니까. 가나의 방에 있는 시간만이라도 그 빈틈을 메워주고 싶으니까."

"왠지 굉장히 공감이 가는 기분인데"라며 다카기가 담배 연기를 내뿜었다. 그 말에 가나는 포근하고 부드러운 미소로 응답했다.

나도 가나의 말과 그 포근하고 가볍고 따뜻한 미소에서 그녀가 인기 있는 이유를 충분히 알 것 같았다. 그것이 설령 잘못되었더라도 적어도 이해할 수 있을 것 같은 기분에 빠져들게 했고, 잠시 동안이나마 편안할 수 있는 것만으로도 그녀의 존재 가치와 매력은 충분하다는 생각이 들었다.

"가나짱, 대답하기 조금 불편할지도 모르겠는데, 물어봐도 될까?"라고 다카기가 말했다.

"응?"

"가게에서 일하는 다른 아가씨를 취재했더니, 어쩌면 질투가 나서 그렇게 말했을지 모르지만, 마음 상하지 않았으면 좋겠어."

"응, 괜찮아. 뭐든 물어봐."

"가나짱은 가게에서 진짜로 한다. 그래서 인기가 있다던데."

"에이~ 뭐야, 고작 그거였어"라며 가나가 선명한 핑크빛 혀를 날름 내밀었다.

그리고 시원스럽게 말했다.

"해."

"어?"

"누구한테 들었는지 모르지만, 어쨌든 그 애 말이 맞아. 가나는 손님이 원하는 건 가능한 한 하나부터 열까지 다 들어주고 싶어. 애널이든 바이브레이터든 뭐든 다 해."

나는 다카기와 가나의 대화를 조용히 듣고 있었다. 좋은 인터뷰가 될 것 같은 예감이 들었다. 솔직한 인간이 솔직한 말을 하는 것은 흔히 있을 법하면서도 좀처럼 없는 일이었고, 그런 대화는 반드시 어딘가에서 누군가의 가슴을 흔든다는 것을 오랜 편집 경험으로 직감하고 있었다.

"난 과연 뭘 할 수 있을까?"

한 시간 반에 이르는 인터뷰가 끝나갈 무렵, 가나는 딱히 누구에게랄 것도 없이 그렇게 중얼거렸다.

"슬퍼 보이는 얼굴로 눈을 내리깔고 가나의 방을 찾는 손님을 위해 난 과연 뭘 해줄 수 있을까 ……."

거기까지 말한 가나는 볼을 볼록하게 부풀렸고, 그 속에 쌓여 있던 공기를 토해낸 후 테이블 위로 시선을 떨어뜨린 채 말을 이었다.

"펠라티오는 간단해, 섹스도 오케이. 가나는 내가 할 수 있는 거라면 뭐든 좋아. 그걸로 손님 가슴속에 뻥 뚫린 바람구멍을 한순간이라도 막을 수 있다면, 가나는 가게에서 잘리든 잡혀가든 아무 상관 없어."

그리고 가나는 느릿느릿한 동작으로 머리를 쓸어 올렸다. 살짝 내리뜬 눈은 눈물로 촉촉이 젖어 있었다.

나는 그 눈물의 이유는 과연 무엇일까 생각했다. 다카기도 분명 똑같은 생각을 했을 것이다.

"그건 어떤 의미에서 보면 희생정신 같은 건가요?"라고 내가 처음으로 가나에게 질문을 던졌다.

"그런 건 아니야. 난 희생 같은 건 안 해. 그렇게 함으로써 나 자신에게 뚫린 구멍도 메워지거든. 그러니 나 자신도 구제받아서 그럭저럭 살아갈 수 있는 거지"라고 낮은 톤으로 가나가 대답했다.

"섹스라는 거 왠지 슬프군."

가나가 가게로 돌아간 후, 다카기가 내게 말했다.

"야마자키 씨에게 이 일을 의뢰받고 정말 많은 공부가 됐어. 풍속양을 취재하면서 느꼈는데, 섹스라는 건 어딘지 모르게 인간의 본질적인 부분을 반드시 상처 입히는 것 같아. 아무리 기뻐도 아무리 서로 신뢰하고 사랑하는 연인 사이라도 섹스는 어딘가 깊은 곳에서 사람을 상처 입히는 게 아닐까? 기쁨이 크면 클수록 상처도 깊어지지 않을까?"

"그렇지만 가나짱은 어떨지."

"그녀도 분명 손님과의 관계에서 오르가슴을 느낄 때, 혹은 그 후에라도 옥죄는 듯한 상처가 남지 않을까?"

"하지만 그녀는 빈틈을 메우기 위해 바람구멍을 메우기 위해 섹스를 한다고 말했어. 그래서 손님은 그녀에게 보호받는 편안함 속에서 몸을 맡길 수 있겠지. 그동안만은 아무 걱정 할 게 없으니까 그토록 많은 사람들이 그녀를 좋아하는 게 아닐까?"

"그래도 그녀는 상처받고 있어. 그래서 우는 거야. 손님은 그녀에게 몸을 맡기는 척하면서도 여전히 깨어 있고, 그 상황을 즐기는 거지."

그렇게 말한 다카기는 담배 연기를 후욱 토해내고 입을 다물어버렸다. 나도 언어라는 게 무엇 하나 머릿속에 형성되지 않아서 한동안 멍하니 있었다.

이윽고 다카기가 자기 자신에게 중얼거리듯 말했다.

"'「올 마이 러빙」을 들으며'라 ……."

그 말은 그대로 〈월간 이렉트〉의 '신주쿠 풍속양 스토리' 마지막 회의 제목이 되었다.

나는 조금 지나치게 감상적이라고 생각하면서도 다카기가 써 온 원고를 한 글자 한 구절도 바꾸지 않고 게재했고, 가나와의 인터뷰 기사 '「올 마이 러빙」을 들으며'는 큰 반향을 불러일으켰다.

거기에는 섹스나 풍속 산업을 필터로 삼는 인간의 어리석음과 무상함과 애절함 같은 것들이 선명하게 부각되어 있었다. 그 기사로 발기하는 일은 없겠지만, 그것은 반짝반짝 잘 닦인 잔에 담겨 있는 눈부시게 빛나는 한 잔의 물 같았다.

〈진정으로 훌륭한 인간은 어디에도 없고, 성공한 인간

도 행복한 인간도 없다. 단, 있다고 가정한다면, 인간은
그 과정을 언제까지고 더듬어갈 뿐일지 모른다. 행복은
진정한 행복이 아니고 행복의 과정에 불과할 뿐이며, 설
령 그렇게 보이는 인간이라도 실은 늘 불안과 초조에 애
를 태우며 그 길을 필사적으로 걸어갈 게 틀림없다. 어쨌
든 인간이 마침내 도달하게 될 그곳을 누구나 예감하고
있다면, 그것은 너무나 공허하고 서글플 테고, 그렇기에
그 뻥 뚫린 구멍을 메우기 위해 가나짱 관과의 마찰열이
꼭 필요해질 것이다. 인간은 혼자이며 절대 하나가 될 수
없다. 그러나 극히 짧은 시간일지도 환상일지도 모르지
만, 그녀에게는 그것이 가능하다. 마찰열이란 분명 차별
없는 다정함일 테니까〉

라고 다카기는 원고를 마무리 지었다.

그 호가 발매된 후, 그렇지 않아도 인기가 있었던 가나의 명
성은 그야말로 하늘로 치솟았다. 가게는 그녀를 찾아오는 손님
들로 들끓었다. 가나는 온몸을 바쳐 모든 손님들의 소망에 부응
하려 했다. 심야 텔레비전까지 출연하게 됐는데, 화면에 비친
가나의 눈동자에서는 생기가 사라지고, 몸은 지난번 모습은 찾
아볼 수 없을 정도로 심하게 야위어 있었다.

가나가 〈월간 이렉트〉 편집부로 갑자기 전화를 건 것은 인터 뷰 기사가 게재된 지 한 달쯤 지난 무렵이었다.

나는 그녀가 시키는 대로 가게가 끝나는 시간을 가늠해서 길 가에서 기다리고 있었다. 빗방울이 오락가락 흩뿌리기 시작했 지만, 우산은 없었다. 나는 비에 젖는 것도 아랑곳 않고 담배를 물고 가부키초 한 귀퉁이에 서 있었다. 젖어들기 시작한 아스팔 트에 반사되어 반짝이는 네온 불빛을 바라보고 있었다. 담배는 금세 빗물에 젖어 눅눅해져서 빨리지가 않았다. 그때마다 주머 니에서 다시 새 담배를 꺼내 불을 붙였다.

이윽고 불빛을 요란하게 번쩍이며 정신없이 돌아가던 가나 가게의 현란한 네온이 꺼졌다. 밤하늘의 별이 반쯤은 사라진 것 처럼 주위가 갑자기 어둡고 적막해졌다.

얼마쯤 기다리자, 가나가 계단에서 구르듯이 뛰어 내려와 내 앞에 멈춰 섰다.

한 달 전에 봤던 그 보송보송하고 건강했던 생기는 어디에서 도 찾아볼 수 없었다. 몸은 유령처럼 바짝 마르고, 뺨은 움푹 꺼 지고, 눈동자만 심하게 이리저리 뒤룩거렸다. 게다가 좀처럼 초 점이 안정되지 않았고, 그러면서도 나를 보자 조금은 안심한 듯

희미하게 미소를 지었다.

"아저씨. 정말 와줬네"라며 가나가 팔에 매달렸다.

그리고 기도하는 듯한 말투로 말을 이었다.

"부탁이야, 가나를 아저씨 집으로 데려가 줘"라고.

나는 택시를 잡았고, 부축하듯이 가나를 안아서 차에 태웠다.

"잘들 논다. 이제 호텔에 틀어박혀서 실컷 뒹굴 참인가"라고
술주정뱅이가 우리를 보며 시끄럽게 놀려댔다. 그는 가나가 마
음에 뚫린 구멍을 메워주기 위해 모든 것을 허용하고 모든 것
을 바쳐온 남자들과 전혀 다를 바 없는 남자였다.

가나는 택시 안에서 막대기처럼 뻣뻣하게 굳어서 몸을 심하
게 떨었고, 헛구역질을 계속했다. 머리를 좌석에 파묻고 기도를
올리는 듯한 자세로 두 손을 내 무릎 위에 얹고, 내 청바지를 꽉
움켜쥐었다. 손을 뻗어서 애처로울 정도로 야윈 그녀의 등을 쓰
다듬어주었다. 가나는 이를 부딪치며 아무것도 나올 리 없는 구
역질을 참아냈고, 내 손바닥에는 울퉁불퉁한 뼈로 전해지는 고
통이 고스란히 느껴졌다.

대체 어찌 된 일일까. 신주쿠의 여신이었던 가나는 말 그대로
뼈와 가죽만 남아 있었다.

맨션에 도착해서 택시에서 내린 나는 가나를 부축해서 집으
로 들어갔다. 품속의 가나는 너무나 가벼웠고, 그것이 그녀 존

재의 아슬아슬한 절박감을 암시하는 것 같아서 두렵기까지 했다. 몸뿐만 아니라 존재 자체가 뼈와 가죽만 남아 파리하게 메말라가는 것처럼 느껴졌다.

방으로 들어가 침대 위에 가나를 눕혔다.

그리고 가나가 입고 있는 옷을 하나하나 벗겼다. 블라우스를 벗기고, 청바지를 벗기고, 양말과 브래지어를 벗겼다. 선명하게 도드라진 쇄골이 보기에도 애처로웠다. 그리고 한순간 망설이다 팬티도 벗겼다. 그녀를 조금이라도 압박하는 것은 모조리 벗겨주고 싶었기 때문이다.

몸에 아무것도 걸치지 않은 상태로 만들고, 타월담요로 가나를 감싸주었다. 가나의 몸은 미세하게 계속 떨렸다.

"고마워."

튜브를 비틀어 가까스로 온몸에서 짜내듯이 가나가 말했다.

"괜찮아?"

"……."

"병원 가보는 게 좋을지 몰라."

"……."

"너무 쇠약해졌어."

"부탁이야. 병원은 싫어."

"왜?"

"아무튼 그냥 싫어. 괜찮아, 죽진 않을 거야. 그냥 조금만 쉬게 해줘."

"알았어. 병원에 안 데리고 갈 테니, 안심하고 자."

내가 불을 끄고 방에서 나오려는 순간, 가나가 꺼져 들어가는 희미한 목소리로 말했다.

"아저씨, 정말 고마워"라고.

그때부터 가나는 내 방 침대에서 꼬박 사흘이나 잤다. 물을 조금 입에 댔을 뿐, 아무것도 안 먹고 마치 혼수상태에 빠진 것처럼 잠만 잤다. 생수 옆에 꿀과 레몬을 섞은 물, 그리고 그 옆에는 사과 주스도 놔두었다.

가나가 온 지 나흘째 되는 날 밤, 끔찍한 비명 소리가 들려서 나는 황급히 방으로 달려갔다.

가나는 캄캄한 방의 침대에서 상반신을 일으키고 주먹을 힘껏 움켜쥔 채 울고 있었다.

"왜 그래?"

"미안해. 아빠, 미안해"라며 가나가 울부짖었다.

내가 손을 뻗었다. 가나가 그 손에 매달렸다. 그리고 놀랄 만한 힘으로, 뼈가 부러지는 게 아닐까 싶을 정도의 힘으로 내 팔을 강하게 움켜쥐었다.

"안 좋은 꿈이라도 꾼 거야?"

"응."

"무서운 꿈?"

조금 지나자, 가나는 울음을 멈추고 조금은 냉정을 되찾았다.

"돌아가신 아빠가 캄캄한 어둠 속에서 날 쳐다봤어."

울음의 여운이 채 가시지 않았는지 가나는 "히익, 히익" 하며 횡격막을 떨었고, 그러면서도 열심히 말을 이어갔다.

"완전한 암흑 속에서 아빠 눈동자 두 개만 반짝반짝 빛났어. 날 바라봤어. 화가 난 거야. 틀림없어 ……."

내가 가나를 침대에 눕혔다. 그리고 머리를 쓰다듬어주며 말했다.

"너한테 화낼 자격이 있는 사람은 이 세상에 단 한 사람도 없어. 아버지는 화가 난 게 아니라 단지 걱정하는 걸 거야."

"화 안 났다고?"

"그래. 화 안 났어."

"걱정하는 거야?"

"그래. 가나짱이 걱정될 뿐이야."

그렇게 말하고 가나를 바라보니, 어느새 다시 새근새근 잠든 숨결을 흘리고 있었다.

그로부터 사흘을 더 내리 잔 가나는 이레째 아침에야 "후아~
앙" 하는 고양이 울음소리 같은 큰 하품과 함께 눈을 떴다.

그로부터 일주일간, 나는 회사를 쉬며 그녀를 보살폈다. 죽을
끓이고, 시금치를 데치고, 사과를 믹서에 갈고 거기에 꿀을 넣
어 주스를 만들었다. 삶은 달걀에 베이컨 에그, 바지락 된장국
에 돼지고기 샤브샤브에 뚝배기 우동, 양파 그라탱 수프에 파스
타 …… 떠오르는 요리는 뭐든 만들었다. 편의점으로 칫솔과 팬
티를 사러 갔고, 욕조에 넣고 머리를 감겨주고 드라이어로 말려
주었다. 남성용 토닉샴푸로는 처음 머리를 감아보는지, "머리
가 싸해"라며 가나는 우리 집에 와서 처음으로 신 나게 떠들어
댔다.

"맛있다"라며 가나는 내가 만든 요리를 열심히 먹어주었다.
그리고 내가 뭘 할 때마다 "미안해"와 "고마워"를 반복했고, 내
가 "고맙다는 말은 괜찮지만, 미안하다는 말은 하지 마"라고 하
면, 또다시 "미안해"라고 대답하곤 했다.

그런 상태가 닷새 정도 지난 무렵부터 가나의 얼굴에 차츰 생
기가 되살아났다. 홀쭉했던 뺨도 기분 탓인지 살이 통통하게 오
른 기색을 띠었다. 그리고 무엇보다 이따금 보이는 웃는 얼굴에
화색이 감돌았다.

그런데도 가나는 집 밖으로 한 발짝도 나가려 하지 않았다.

잠을 자거나 수족관을 바라보거나 둘 중 하나였다.

"정말 지독하게 지쳤었나 봐"라고, 가나가 우리 집에 온 지 이 주일이 지난 일요일에 아침 식사로 미네스트로네를 데우면서 내가 말했다.

"응."

"그래도 이젠 많이 건강해졌지."

"응."

"식욕도 살아났고."

"응."

스무 살인 가나는 마치 초등학생처럼 고분고분했고, 나는 나대로 초등학교 여학생의 아빠가 된 기분이었다. 가나의 몸 상태가 조금씩 좋아지자, 나의 어딘가도 확연하게 좋아지는 듯한 기쁨이 느껴졌다.

"가나짱이 원하는 만큼 이 집에 있어도 돼."

"응. 고마워."

"뭐 필요한 거 없어?"

"으~음."

"있어?"

"뭐든 괜찮아?"

"그럼, 괜찮지. 웬만한 거라면."

"말해도 돼?"

"말해봐."

"강아지 두 마리."

"강아지?"

"응."

"두 마리?"

"한 마리는 가엾잖아."

나는 가나를 데리고 기치조지에 있는 애완동물 가게로 가서 치와와 두 마리를 사주었다. 나로서는 톰 이후로 처음 키우는 개였다. 개는 늘 키우고 싶었지만, 왠지 모르게 머뭇거려졌다. 분명 이런 형태로 키우는 게 어떤 의미에서는 개와의 자연스러운 재회일지 모른다고 나는 생각했다.

이 주일 만에 외출을 마치고 집으로 돌아오자 가나가 기쁜 듯이 말했다.

"얘가 쿠고, 얘가 모모야."

그리고 또 이 주일간, 가나는 한 발짝도 집 밖으로 나가지 않고 매일같이 몇 시간이고 강아지 두 마리와 장난을 치며 지냈다. 강아지를 어르는 건지 강아지에게 어름을 받는 건지, 그런 분간조차 안 될 정도로 마치 자기가 세 번째 강아지인 양 천진하게 놀곤 했다.

그 모습을 바라보고 있으면, 나는 뭐라 설명할 수 없는 불안감에 휩싸였다. 분명 지금의 나는 행복하다는 생각이 들었다. 그러나 다카기가 썼듯이 실은 이것은 행복이 아니라 그 과정을 더듬어가는 데 불과할지도 모른다. 그 앞에 있는 일은 무엇 하나 알 수 없었다. 행복한 시간이야말로 사실은 마음의 평안을 휘젓고 어지럽히는 건 아닐까, 그런 끝도 없는 모순이 마음 한구석에 싹터버렸던 것이다.

어느 늦은 밤, 나는 회사에서 다 끝내지 못한 화보 페이지 캡션 업무를 집으로 들고 와서 거실 탁자에서 쓰고 있었다.

자는 줄 알았던 가나가 거실로 나와서 내 옆에 찰싹 달라붙듯이 앉았다.

"일해?"

"그래."

"맥주 마실래?"

"응."

내가 그렇게 대답하자, 가나가 일어나서 냉장고에서 캔맥주를 꺼내 오더니 잔 두 개를 탁자 위에 내려놓았다.

"나도 마셔도 돼?"

"같이 마셔주려고?"

"응. 같이 마시고 싶어."

가나는 거품이 너무 많이 나지 않게 주의하며 유리잔에 맥주를 따랐다.

"아저씨, 미안해. 야마자키 씨 집에 온 지 한 달쯤 지났을까? 어쨌든 이게 가나가 처음으로 해주는 일이네."

"아저씨라고 불러도 되고, 아무것도 안 해도 상관없어."

가나는 자기 잔에도 맥주를 천천히 따르더니 "건배"라고 말했다.

그것은 가나가 이 집에 와서 처음으로 입에 대는 알코올이기도 했다.

가나의 뺨과 귀 언저리가 금세 붉게 물들었다. 볼은 제법 살이 올랐고, 피부는 스무 살 아가씨다운 아름다움을 되찾았다.

나는 일손을 멈추고 그런 가나를 바라보았다. 다행이라는 생각이 들었다. 최근 한 달 동안 매일같이 요리를 만들어주고, 최선을 다할 수 있었던 게 정말 다행이라는 생각이 들었다.

"아저씨, 날 안고 싶어?"

"응?"

"섹스하고 싶어?"

"아니, 지금은 됐어."

"왜?"

"글쎄, 왜일까?"

"가나가 매력 없어?"

"아니, 아주 예뻐."

"그런데 왜 안고 싶지 않아?"

"모르겠어. 하지만 아무튼 지금은 됐어."

"그럼, 언젠가는 안고 싶어질까?"

"그래. 언젠가는 그렇겠지."

"언제?"

"모르겠어."

"가나가 사정하게 해줄까?"

"고마워. 하지만 지금은 됐어. 가나짱이 좀 더 건강해지면."

가나는 천천히 맥주를 마셨다. 나도 보조를 맞추듯 천천히 마셨다.

"물, 깨끗해."

가나가 수조를 올려다봤다.

"물이 없는 것 같아"라고 말하는 가나의 눈동자에 수조의 투명한 물을 통과한 형광등 불빛이 반사되고 있었다.

"램프아이는 정말 예뻐. 눈 주위가 아이섀도처럼 파랗게 반짝이잖아."

가나는 그렇게 말하고, 조용히 맥주를 입에 머금었다.

"물속은 고요하네."

"어어. 정말 고요하군."

"소리가 없는 고요함이 아니라, 진정한 고요함이네."

그리고 가나와 나는 한동안 아무 말 없이 수조를 넣 놓고 바라보았다. 수조의 고요함이 전염된 것처럼 집 안도 니시오기쿠보 거리도 쿠도 모모도 모든 게 편안한 고요함을 유지하고 있었다.

"램프아이는 불쌍해."

"왜?"

"생각해봐, 빛 속에 있을 때는 눈 주위가 빛나서 저렇게 아름다운데, 불을 끄면 비쩍 야윈 한낱 송사리잖아."

"응."

"왠지 불쌍해."

그런 가나 옆에서 나는 생각에 잠겼다.

시간은 이렇게 무방비하게 흘러간다. 행복한 때도 그렇지 않을 때도 너무나 무방비하다. 그리고 흘러가 버린 시간은 돌연 소리를 잃어버린 이 수조처럼 마음속 깊이 쌓이고, 어떻게 해볼 도리도 없이 겹겹이 덧쌓여서 급기야 손으로 잡을 수조차 없게 되는 것이다.

나이 먹는 게 두려운 게 아니라, 그렇게 쌓여만 가는 그러면서도 두 번 다시 손이 닿지 않는 것들이 늘어가는 게 두렵다. 분명 지금 이 순간처럼 잊을 수 없는 행복하고 조용한 시간 하나하나가……

"외로워?"라고 가나가 물었다.

"어, 왜?"

"슬퍼 보여."

"아니야. 가나짱이 건강해지고 둘이 이렇게 수조를 바라보며 맥주를 마실 수 있어서 행복해."

"그래? 그런데 행복하면서도 슬퍼 보여."

"왜 그럴까?"

"왜일까?"

"가나짱은."

"뭐?"

"꼭 하나 물어보고 싶은 게 있는데."

"뭔데?"

"왜 우리 집으로 왔지?"

"모르겠어. 명함이 주머니에 들어 있었어. 그래서 전화한 거야. 인터뷰할 때 한 번도 안 끼어들고 옆에서 듣기만 하는 모습이 다정해 보였거든. 이 사람이라면 틀림없이 도와줄 거라고 내 멋대로 생각한 거지. 미안해."

"사과할 건 전혀 없어."

"으음, 가나도 한 가지 부탁이 있어."

"뭔데?"

"같이 자자. 그냥 같이 잠만 자자."

"어어, 좋지."

그래서 가나와 나는 처음으로 같은 침대에 누웠다. 달빛도 없고 별도 보이지 않는, 으스스할 정도로 어둡고 고요한 밤이었다.

가나는 내 품속에서 몸을 동그랗게 웅크리고 폭 휩싸이듯 잠들었다. 손에 닿는 등의 감촉이 부드러워져서 기뻤다.

가나는 머지않아 새근새근 잠든 숨소리를 내기 시작했다.

가나는 이따금 몸을 움찔하고 떨며 내 손을 힘껏 움켜쥐었다. 그 힘이 조금씩 약해지고 또다시 조용한 숨결을 흘리는 과정이 되풀이되었다.

이윽고 한층 더 강한 떨림이 가나를 엄습했다. 그리고 제정신이 든 것처럼 이렇게 중얼거렸다.

"아빠?"

잠든 가나의 눈에서 흘러넘친 눈물이 베개 위에 떨어지며 작은 얼룩을 만들었다.

"아빠, 미안해."

우리를 에워싼 깊고 깊은 어둠 속에서 가나가 희미하게 입술을 움직였다.

나는 가나의 머리칼을 살며시 쓸어주었다. 그것 말고는 달리 해줄 수 있는 게 떠오르지 않았다. 그리고 캄캄한 어둠 속에서 유독 홀로 빛나고 있었다는 가나 아버지의 눈빛을 떠올렸고, 그녀가 자기에게 주어진 가부키초의 작은 공간에서 낯선 남자들을 대하며 줄곧 했다는 생각을 나 역시 새삼 떠올려보았다.

'그 마음의 구멍을, 빈틈을 메울 수만 있다면, 내가 할 수 있는 건 뭐든 다 해주자'고.

이윽고 가나는 깊고 고요한 잠 속으로 빠져들었고, 나는 언제까지고 하염없이 어둠을 응시하고 있었다.

다음 날 회사 일을 마치고 집으로 돌아오자, 가나의 모습이 보이지 않았다. 대신 거실 탁자 위에 작은 메모와 여섯 상자나 되는 개밥, 그리고 웬일인지 아디안텀(Adiantum, 고사릿과, 실내의 습도를 측정할 수 있는 지표식물로 가습 기능을 하는 것이 특징) 화분이 놓여 있었다.

침실의 침대는 깨끗하게 정리되어 있었다. 발코니를 내다보니, 새로 산 둥그런 녹색 플라스틱 건조대가 세 개나 늘어서 있고, 거기에는 수많은 빨래가 널려 있었다.

바람이 불 때마다 빨래가 빙글빙글 돌았고, 빨래집게가 서로 부딪치며 딸각딸각 메마른 소리를 냈다.

그 소리를 듣고 있으니 가나는 이제 다시는 돌아오지 않을지 모른다는 예감이 몰려들었다. 적어도 쿠와 모모가 여섯 상자나 되는 개밥을 다 먹을 때까지는.

메모에는 이렇게 쓰여 있었다.

"아저씨.

정말로, 아주아주 감사했어요.

언젠가 꼭 소프트크림 공격을 해줄 거야. 쿠랑 모모 잘 부탁해요.

가나"

그 메모를 읽으면서 나는 가나의 주소도 연락처도 그리고 본명조차도 모른다는 사실을 깨달았다. 한 달이 넘도록 무단으로 자리를 비웠으니 가나는 분명 일하던 가게로 돌아가지도 않았을 것이다.

그러나 그건 그것대로 잘된 일인지도 모른다. 제대로 걷지도 못할 정도로 비쩍 야위고 지칠 대로 지쳤던 아가씨가 청소와 빨래와 장보기를 할 수 있게 되어 제 발로 여기서 걸어 나갔으니까.

그날 이후 내 집에서는 아가씨 하나가 사라지고, 강아지 두 마리와 산뜻한 초록빛의 아디안텀 화분이 남았던 것이다.

가나가 집을 나가고 이 주일쯤 지난 어느 날, 다카기가 문인 출판을 찾아왔다.

"야마자키 씨, 아무래도 낌새가 좀 이상해."

다카기가 담배를 입에 물고 심각한 표정을 지었다.

"왜?"

"가나짱."

"아아, 역시 그렇군."

"사라졌어."

다카기가 담배를 재떨이에 비벼 끄더니, 금세 새 담배를 꺼내 불을 붙였다.

"가게로 안 돌아갔나?"라고 내가 물었다.

"안 돌아갔어. 그러기는커녕 소식이 완전히 끊겼어."

나는 가나가 우리 집으로 흘러 들어온 상황과 그곳에서 보냈던 한 달간의 생활을 대략적으로 다카기에게 들려주었다. 몰라볼 정도로 혈색이 좋아졌고, 얼굴 살도 많이 올랐다고 말했다. 약간 정서불안 기미가 있을지는 모르지만, 그건 그 나잇대 아가씨라면 누구에게나 다 있는 정도고 절대 그 이상은 아니었다는 얘기 등등.

"경찰이 나선 것 같아"라고 다카기가 목소리를 낮추며 얘기했다.

"경찰?"

"가게로 탐문 수사하러 왔던 모양이야. 그 얘기가 퍼졌는데, 가게 아가씨들의 질투도 있겠지만, 여기저기에 온갖 소문을 흘리고 다니는지 정보가 수습이 안 될 정도로 혼란스러워. 그러니 당연한 결과겠지만, 어디까지가 진실이고 어디까지나 꾸며낸 얘기인지도 알 수 없게 됐지."

"예를 들면?"

"빚 때문에 홍콩으로 팔려 갔다느니, 강제로 도쿄 만에 매몰됐다느니, 자살이라느니."

"흐음."

"그 아가씨, 위험한 데서 돈을 꽤 많이 빌렸다는 말도 있더라고. 그것도 물론 소문이긴 하지만 말이야. 아무튼 실종이라고 해야 할까. 살아 있는 흔적이 뚝 끊겨버렸어. 자네 집에서 나간 후로. 물론 세간에서는 자네 집에 있었을 때부터 이미 흔적을 알 수 없게 된 셈이지만."

"왠지 난처한 상황 같군."

"으응."

"내가 먼저 경찰에 가보는 게 좋을까?"

"그렇지만 만약 소문이 진짜라면 경찰과 위험한 패거리가 연결돼 있을 테니 그만두는 게 나을 거야. 아무튼 지금은. 어느 정도 가라앉을 때까지는 ……. 가나짱이 자네 집에 있었던 건 나밖에 모르니까 자네도 당분간은 아무한테도 말하지 마. 이건 그 바닥을 어느 정도 아는 내 예감일 뿐이지만, 어쨌든 그게 좋을 거야."

"알았어."

"메모도 좋고 빨래나 개밥도 다 좋은데, 아디안텀 화분이 좀 걸린단 말이야. 그것만은 왠지 좀 당돌하지 않나?"

"뭐, 그렇지만 우연히 눈에 띄어서 사 왔을 수도 있으니까."

"우리 집사람도 관엽식물을 좋아하지만, 아디안텀은 좀처럼 잘 안 된다고 늘 투덜대. 물이 조금만 부족해도 잎이 쪼글쪼글 오그라들고 순식간에 전체로 퍼져버린다나. 그런 현상을 아디안텀 블루라고 한다던데."

"아디안텀 블루?"

"그래. 아디안텀의 우울."

나는 말끔하게 정돈된 거실의 큰 탁자 위에 오도카니 놓여 있던 아디안텀 화분을 떠올렸다. 다카기의 말대로 가나는 그 화분에 어떤 메시지를 남겨둔 것일까. 이런저런 생각을 해봤지만, 나는 생각을 제대로 정리할 수도 어떤 풍경을 떠올릴 수도 없었고, 그저 혼란스럽기만 할 뿐이었다.

가나가 사라지고 석 달이 지난 일요일 점심 무렵, 집의 인터폰이 울렸다. 일요일 낮에 울리는 인터폰은 대부분 신문 구독을 권유하는 용건이어서 나는 그 소리를 무시하고 침대에서 잠시 졸고 있었다.

그러자 인터폰이 또 한 번 울렸다. 이상하다 싶었다. 신문 영업사원은 딱히 내게 볼일이 있는 게 아니다. 그 집에 사는 사람이면 누구든 상관없다. 요컨대 집에 사람이 있느냐 없느냐가 최대 관심사이므로 아무도 없는 걸 알면 두 번씩 다시 누르지는 않는다. 그들도 바쁘기 때문이다.

두 번이나 울린다는 것은 이 집 주인이 아니라 나에게 직접 볼일이 있는 사람일 가능성이 현격히 높다.

나는 꾸물꾸물 일어나서 인터폰을 들고 모니터를 들여다보았다. 거기에는 쇼트커트 머리의 낯선 아가씨가 따분한 듯이 살짝 불안한 표정을 짓고 서 있는 모습이 비쳤다.

종교 권유일까 하고 나는 생각했다. 낯선 젊은 아가씨가 내 집을 방문할 이유는 그 정도밖에 추측할 수 없었기 때문이다.

"누구시죠?"라고 내가 잠이 덜 깬 목소리로 물었다.

"야마자키 씨인가요?"라고 아가씨가 말했다.

"네. 야마자키입니다."

"쉬시는데 갑자기 찾아와서 죄송합니다. 저는 아사카와 나나미라고 합니다."

귀에 익지 않은 이름이었다.

"가나짱 친구예요."

"네?"

"실은 오늘 찾아온 건 가나짱이 야마자키 씨 앞으로 보낸 편지를 보관하고 있어서 그것을 전달해드리러 왔어요."

"가나짱의 편지요?"

"네."

"아아 이런, 일부러 여기까지 와주셨다니, 죄송합니다. 지금 문 열어드릴 테니, 406호까지 올라와 주십시오."

차임이 울려서 현관문을 열었다.

문 앞에는 야윈 아가씨가 서 있었다. 청바지에 하얀 면 블라우스 차림이 청초한 분위기를 자아냈다.

"아사카와 나나미입니다. 처음 뵙겠습니다"라고 말하는 입술 사이로 가지런한 하얀 이가 드러났고, 이지적인 검은 눈동자가 아무 스스럼 없이 나를 똑바로 쳐다보았다.

그것이 나나미와 나의 첫 만남이었다.

쿠와 모모가 전속력으로 달려와 그녀에게 달라붙으며 애교를 부렸다. 모모는 무슨 꿍꿍이인지 나나미의 발밑에서 뒹굴며 핑크빛 배를 훤히 드러내고 꼬리를 사정없이 흔들었다. 그것은 복종의 의미와 놀아달라는 의사를 동시에 표현하는 몸짓이었다.

"어머나"라며 나나미가 놀라워했다.

"못 말리는 녀석이군"이라고 내가 말했다.

"아이, 귀여워라. 안아봐도 돼요?"

"아 네, 물론이죠. 그리고 깨끗하진 않지만 안으로 들어오시죠."

쿠와 모모는 잔뜩 흥분해서 나나미를 서로 차지하려고 쟁탈전을 벌였다. 그런 버릇없는 개들을 나나미는 마법처럼 능숙하게 다뤘고, 눈 깜짝할 사이에 무릎 위에 두 마리를 앉히고 조용히 안정시켰다.

"점심은 드셨나요?"라고 내가 물었다.

"아뇨, 아직 못 먹었어요."

"괜찮으면 먹을래요? 어제 만든 양파 수프랑 빵이랑 햄에그. 그리고 마카로니 그라탱도 있어요. 미리 만들어둔 거지만."

"와, 대단하다. 요리를 좋아하세요?"

"좋아한다고 할까, 필요에 의해서랄까."

"그럼, 먹어볼까요. 그라탱은 됐어요. 그렇게 많이는 못 먹을 것 같으니까."

나나미는 강아지 두 마리를 무릎 위에 올리고 부드럽게 쓰다듬어주며 말했다.

나는 수프를 데우고 빵을 토스터에 넣고, 두툼한 로스햄을 프라이팬에 올렸다.

나나미가 양파 수프를 맛보고 칭찬해주었다. 나는 어젯밤에 세 시간 내내 오로지 양파만 볶았다고 그녀에게 고백했다. 그녀가 힘들었겠다고 해서 한밤중에 부엌에서 맥주를 마시며 양파를 볶는 것은 꽤 즐거운 일이라고 내가 말했다. 타지 않느냐고 그녀가 물어서 오 분 볶다가 오 분 불을 끄는데, 계속 그 작업만 반복한다고 가르쳐주었다. 불을 껐을 때도 프라이팬의 잔열로 양파가 볶아지고, 그러면 타지 않는다고. 나나미는 "아하, 그렇구나"라며 감탄했다. 오 분씩 불을 켰다 껐다 하는구나, 라며.

식사가 끝나자 그녀는 쿠와 모모를 다시 무릎 위에 앉혔다.

나는 홍차를 준비하며 제발 부탁이니 거기에 오줌만 싸지 말라고 마음속으로 기도했다.

나나미는 나카노의 편의점에서 아르바이트를 하고 있어서 거의 매일같이 한밤중에 나타나 물건을 잔뜩 사 가는 가나와 어느새 낯익은 사이가 되었다. 어느 날, 가나가 다 들고 갈 수 없을 정도로 물건을 잔뜩 사서 나나미가 그것을 집에까지 들어다 준 적이 있는데, 그것이 두 사람이 가까워지게 된 직접적인 계기였다.

그 후로 가나는 나나미에게 줄 간단한 선물을 들고 찾아오곤 했다. 타코야키(밀가루 반죽 속에 문어를 넣어 지름 3~5센티미터 정도로 둥글게 구운 요리)일 때도 있고, 단팥묵일 때도 있고, 깜짝 놀랄 만한 고급 브랜드 핸드백일 때도 있었다. 그렇게 두 사람은 편의점 점원과 한밤중에 방문하는 손님이라는 기본 선을 벗어나지 않았고, 그러면서도 조금씩 친숙함과 신뢰를 깊이 쌓아갔다. 가나는 이따금 바로 옆에 있는 심야 패밀리레스토랑에서 나나미가 아르바이트를 마칠 때까지 기다릴 때도 있었다. 그리고 두 사람은 날이 밝아올 무렵까지 음악이나 사랑이나 요리 등등 누구나가 그런 가게에서 화제로 삼을 법한 시시한 얘기, 하지만 그럼으로써 마음이 조금은 가벼워질 만한 대화를 나누게 되었다.

어느 날 새벽 세 시 무렵, 가나가 편의점으로 황급히 들어왔다. 그 모습이 눈에 띄게 이상했다. 가나는 주스를 진열대에 채워 넣고 있던 나나미를 보자마자, 소매를 잡아끌며 창고로 데려갔다.

"가나짱이 울먹이는 얼굴로 내게 부탁이 있다고 말했어요"라고 나나미가 내 눈을 바라보며 말했다.

"부탁이니 내가 지금 하는 말을 거절하지 말아달라고."

나는 아무 말 없이 나나미의 이야기를 들었다.

"이 편지를 배달해줬으면 해. 이젠 너밖에 이걸 부탁할 사람이 떠오르질 않아. 그러니 귀찮겠지만 거절하지 말아줘. 니시오기쿠보 역에서 내리면, 주오 선과 수직으로 교차하는 기타긴자 거리라는 버스 도로가 있는데, 그 길을 따라 북쪽 방향으로 삼 분쯤 걸어가면 오른쪽에 큰 교회가 보여. 그 옆에 '라포레 니시오기'라는 갈색 타일이 붙은 큰 맨션이 있으니까, 거기 406호에 사는 야마자키 씨라는 사람에게 이 편지 좀 전해줘"라고 나나미는 한 글자 한 구절까지 최대한 정확하게 재현하려고 리듬을 맞추듯 얘기했다.

"그리고 전해주는 시기는 지금으로부터 두 달이 지난 후야. 그 후라면 언제든 상관없어. 부탁이야, 라포레 니시오기 406호의 야마자키 씨야."

거기까지 단숨에 말한 나나미가 휴 하고 큰 한숨을 몰아쉬었다.

"그래서 그쪽은 뭐라고 했나요?"

"그래, 알았어. 꼭 전달할 테니 안심해. 약속할게, 라고."

"그렇군요"라고 말하고 나 역시 한숨을 내쉬었다.

"그래서 그날로부터 두 달째인 오늘, 이걸 전해주러 온 거예요"라고 말하며 나나미가 하얀 블라우스 앞주머니에서 편지 한 통을 꺼내 나에게 내밀었다.

그런 나나미의 무릎 위에서 모모가 갑자기 신들린 것 같은 눈빛으로 꿈틀꿈틀 괴이하게 몸을 꼬더니 춤추는 듯한 몸짓을 하기 시작했다.

큰일 났다, 하고 나는 생각했다.

그런 내 얼굴을 이상하다는 듯이 바라보던 나나미가 "어?"라는 듯이 입술을 움직였다.

"야, 야!"라고 내가 소리쳤을 때는 이미 모든 상황이 끝나 있었다.

나의 그 말과 거의 동시에 나나미가 "아악" 하며 작은 비명을 질렀다.

가당키나 한 일인가, 모모가 우리 집을 처음 방문한 아름다운 손님의 무릎 위에 오줌을 싸버린 것이다.

"이 녀석"이라며 나는 허겁지겁 모모의 목덜미를 움켜쥐었고, 그녀의 무릎에서 들어 올렸다. "뭐 하는 짓이야!"라고 야단친 후, 머리를 두세 대 때렸다.

"깨갱" 소리를 내며 내 오른손에 매달린 모모가 꼬리를 동그랗게 말았고, 오줌을 질질 흘리면서 더할 나위 없이 처량한 비명을 질렀다.

자연스럽게 색이 바랜 나나미의 청바지에 커다란 얼룩이 생겼다.

나나미가 나를 쳐다보았다.

그 눈동자에는 노골적인 분노의 빛이 깃들어 있었다.

"미안합니다"라고 내가 사과했다.

그러자 억누른 듯한 말투로 나나미가 내게 이렇게 말했다.

"그 애를 내려줘요. 지금 당장 바닥에 놔주라고요."

그리고 말을 이었다.

"개는 인간의 10분의 1밖에 못 살아요. 그러니 분명 기쁨도 슬픔도 인간의 열 배일 거예요. 제발 부탁이니 모모짱에게 화내지 마세요, 그 애는 지금 우리보다 열 배는 슬프단 말이에요"라고.

나는 일단 청바지를 세탁기에 돌리고, 곧바로 베란다에 널었다. 그동안 나나미는 헐렁헐렁한 내 청바지를 입고 있었다.

그리고 믿을 수 없는 일이 그날 중에 일어났다.

나는 그날, 나나미와 키스를 하고 끌어안았고 섹스를 했다. 게

다가 그것은 갓 스무 살이 된 나나미에게는 난생처음 경험하는 섹스였다.

동쪽 하늘이 밝아오기 시작했다. 모모와 나나미가 끔찍이 싫어하는 까마귀가 새된 소리로 울어대고 있었다. 그 소리는 고요하게 잠들어 있던 니시오기쿠보의 거리에 귀에 거슬리는 관현악기처럼 울려 퍼졌다. 까마귀 소리가 잦아든 동안에는 작은 새들의 다기찬 지저귐 소리가 들려왔다. 어느 쪽이든 아침은 새들의 노랫소리로 가득 채워져갔다.

"나나미."

내가 감자 칩을 베어 먹으며 수족관을 하염없이 바라보는 나나미를 불렀다.

"응?"

나나미가 돌아보지도 않고 대답했다.

"어제 물 갈았어."

"굉장히 깨끗해. 조용하지만 활기가 넘쳐."

"새우도 건강하지?"

"응. 아주 건강해."

나는 나나미가 선물로 가져온 흑맥주를 따고, 옆에 나란히 앉아 수족관을 바라보았다.

　"나나미?"

　"왜?"

　"오늘은 왜 그런지 여러 가지 일들이 있었어."

　"피곤해?"

　"조금."

　"출장 교정은?"

　"그건 무사히 끝났어."

　"얼굴이 슬퍼 보여."

　"그래?"

　"슬퍼? 무슨 일 있었어?"

　"응, 일도 있었지만, 옛날 생각이 이것저것 떠올라서."

　"옛날 생각?"

　"그래. 학창 시절에 사귀던 여자 친구한테 십구 년 만에 전화가 왔어. 갑자기."

　"어머, 멋지네."

　"그런가?"

　"슬플 때는 울면 괜찮아져."

　"그런 슬픔은 아니야."

"하지만 슬프잖아."

"어어, 모모의 20분의 1 정도일까."

"그럼, 우는 게 좋아."

그런 두서없는 얘기를 주고받으며 두 사람은 멍하니 수족관을 바라보았다. 암모니아가 있고 아질산이 있고 질산염이 있고 산소와 이산화탄소가 있다. 그에 비하면 나나미와 내가 있는 이곳은 모든 게 모호하게 느껴졌다. 그 모호한 세계의 한 귀퉁이에서 나나미와 나는 만나서 사랑을 나누고, 이렇게 둘이 나란히 앉아 감자 칩을 베어 먹으며 모호하지 않은 세계를 들여다보고 있다. 저쪽에서는 우리가 있는 이 세계가 어떻게 비칠까.

"사와이 씨 기억해?"

"자기 선배잖아. 왠지 다정할 것 같은 사람."

"오늘 죽었어."

"뭐?"

"폐암으로. 이미 꽤 악화된 상태이긴 했지. 오늘 세상을 떠났어."

"그렇구나."

"나에게 편집의 모든 것을 가르쳐준 사람이지."

"에로 잡지 편집?"

"그래. 어제 문병하러 갔었어. 사와이 씨는 온몸에 튜브를 꽂고 있었는데, 콜록콜록 기침을 하면서 나에게 필사적으로 말을 건네더군. 힘들 테니 그만하라고 말렸는데도 꼭 해야 할 말이 있다면서 통 말을 안 듣는 거야."

감자 칩을 주섬주섬 집어 먹던 나나미의 손이 어느새 멈춰 있었다.

"에로 잡지의 과열 양상이 한계를 넘어섰다는 거야."

"그렇게 심해?"

"최근에는 특히 그래. 에로 비디오에 밀리니까 그 자리를 되찾으려고 체포를 각오한 잡지까지 난립하는 상황이지. 그렇게 되면 필연적으로 과격한 접전 양상이 벌어질 수밖에. 독자는 아무래도 볼거리가 없는 잡지보다는 볼거리가 있는 잡지로 손이 갈 테니까."

"아아, 그렇구나."

"편집장을 맡아달라고 해놓고 모순되는 말일지도 모르지만, 자네는 일 년만 지나면 문인출판을 그만둬. 그게 자네를 위한 길이야. 자네 정도 기술이면, 어딜 가든 충분히 잘 해낼 수 있으니까. 그렇게 하지 않으면 내 손으로 만든 책을 가족에게 보여주지도 못하고, 정신을 차렸을 때는 튜브투성이로 죽어갈 뿐이야."

"안쓰럽다."

"내가 말했지. 사와이 씨, 그거야말로 우리의 긍지 아니었나요? 저는 그런 사와이 씨를 진심으로 자랑스럽게 생각합니다. 당신이야말로 편집자 중의 편집자입니다."

"그랬더니?"

"기침 때문에 소리는 더 이상 나오지 않았지만 ……. 입술만 간신히 움직여서 고맙다고 했어. 스포이트에서 물방울이 똑똑 떨어지듯이 눈물이 흘러내렸지."

"흐음."

"그리고 사와이 씨는 마지막 기력을 다 짜내듯이 이렇게 말하더군. 그것은 아무리 길고 긴 여행이라도 반드시 끝날 때가 온다는 것과 비슷하다고."

나는 사와이 씨를 처음 만났던 날 있었던 얘기를 나나미에게 들려주었다. 내가 잔뜩 긴장하며 책 두 권의 제목을 말했던 그 머나먼 여름날 얘기를. 그리고 사와이 씨의 마지막 말이 내가 첫 번째로 대답한 책에 나오는 구절이라는 얘기를.

"그 책을 챙겨서 읽어주셨네."

"게다가 십구 년간이나 내게 그 말을 안 했지."

"기품 있는 분이네."

"그래, 편집자 중의 편집자지"라며 내가 괜스레 가슴을 당당히 폈다.

"나 말이야, 요즘에 수족관을 바라보다 보면 물이 너무 깨끗해서 갑자기 눈물이 쏟아질 것 같을 때가 있어"라고 나나미가 수족관을 물끄러미 바라보며 말했다.

그리고 말을 이었다.

"왜일까, 슬픈 것도 아닌데."

"나도 그래."

"정말?"

"응. 지나치게 투명한 물 때문인가 싶기도 해."

"여기에서 보이는 건 실은 뭘까? 물이 있고 작은 물고기가 있고 수초가 있고 물거품이 있고 새우가 있고 빛이 있고. 움직임이 있는데도 사후 세계처럼 쥐 죽은 듯 고요해."

나나미가 눈물을 그렁거렸다.

"이래 봬도 난 너를 아주 많이 좋아해."

"알아"라고 나나미가 울면서 말했다.

"미안해, 널 슬프게 할 생각은 없었어."

"그런 거 아냐. 그게 아니라, 분명 자기 말대로 물이 너무 투명해서일 거야. 그게 왠지 서글퍼. 물이랑 물고기는 왜 이리도 아름다울까?"라며 나나미가 내 품에 안겼다.

"나나미."

내가 머리칼을 어루만지며 불렀다.

"응?"

"나, 문인출판 그만둘 거야."

"그렇구나. 그만두고 뭘 하려고?"

"모르겠어. 아직은 아무 생각 없어. 벌써 마흔한 살이고 경기도 안 좋잖아. 이 나이에는 할 수 없는 일도 많겠지만, 그래도 분명 지금까지 해온 정도에서는 할 수 있는 뭔가가 있겠지."

"편집?"

"아무것도 못 찾으면 하는 수 없겠지. 그렇지만 편집은 이제 됐어. 난 에로 잡지 편집자를 십구 년이나 했어. 선정을 불러일으키고 발기시켜서 팔아왔지. 그러니 이제 됐어, 책 만드는 일은. 게다가 이 세상에 에로 잡지보다 더 좋은 소재도 없을 것 같고."

"자기도 편집자 중의 편집자네."

"그래. 사와이 씨의 최고 애제자지."

"기억해둘게."

"편집 말고 뭔가 다른 일을 찾아볼게."

"날 위해서?"

"그래. 그리고."

"그리고?"

"나 자신을 위해."

그날 나나미와 나는 격렬하게 서로를 끌어안았고, 그 어느 때보다 깊고 깊이 몸을 섞었다. 나나미는 단 한 번도 보이지 않던 표정으로 기쁨을 표현했고, 한 번도 들어본 적 없는 낮은 신음 소리를 흘렸다.

나나미는 쾌감을 조절하는 의지를 포기하고 자기를 다 풀어헤치고, 처음으로 환희의 벌판을 떠돌았다.

"어쩌면 좋아"라고 나나미는 몇 번이나 소리쳤다.

"나 어떻게 된 거야?"

나나미는 다리를 활짝 벌리고 나를 조금이라도 깊이 받아들이려고 몸부림쳤고, 그래도 성에 차지 않았는지 허리를 쳐들며 하반신을 미세하게 떨었다.

"기분 좋아. 왜 그렇지? 아아, 나 어떡해."

그것은 난생처음 나나미를 덮쳐온 오르가슴의 파도였다. 나나미는 관이 되어 있었다. 그리고 나나미라는 관과 나라는 관은 서로 포개져 마찰열을 내며 서로의 존재를 확인하려고 발버둥을 쳤는지도 모른다. 그 기쁨은 분명 어딘지 모르게 슬픔과 비슷했고, 나는 지금 이렇게 나나미에게 쾌감을 주는 동시에 어느 깊은 곳에서는 그녀를 확실하게 상처 입히고 있을지도 모른다. 그런 생각이 쾌감 주위를 칭칭 동여매고 있었다.

마침내 나나미의 허리는 그녀의 의식과는 아주 동떨어진 곳에서 자동적으로 요염하게, 그리고 격렬하게 움직이기 시작했다. 나나미와 나는 거의 동시에 쾌감 주위를 칭칭 동여맨 것을 잇달아 깨뜨리기 시작했고, 불처럼 뜨거운 쾌감을 선명한 형태로 만들기 위해 돌처럼 강하고 단단하게 서로를 부둥켜안았다.

"사랑해."

나나미가 그 아름다운 얼굴을 일그러뜨리며 몇 번이나 소리쳤다.

그렇게 해서 나는 나나미의 세 번째 바다를 알았다. 그리고 아마도 나나미 역시 침대 위에 투명한 껍질 한 꺼풀을 벗어던졌을 것이다.

나나미가 유난히 좋아하는 새우처럼.

깔때기에 물을 붓는 것 같은 일주일이었다고 나는 잠든 나나미의 머리칼을 어루만지며 생각했다. 거기에 맨 처음 물을 부은 것은 유키코의 전화였을까 모리모토의 전화였을까. 깔때기에 담긴 물은 온갖 추억과 기억을 되살리며 어김없이 한 곳으로 모여들었고 이윽고 흘러내렸다. 나는 그 피할 수 없는 물 흐름 속에서 필사적으로 손발을 버둥거리며 저항했지만, 그러면서도 결국은 빨려들고 말았다. 그리고 그 순간을 맞을 때마다 움찔하며 온몸이 반응해서 얕은 잠에서 깨어나는 과정을 되풀이했다.

기억의 깔때기에 담긴 물은 대체 왜 모이고, 어디로 흘러가는 것일까.

"끙" 하고 강아지 울음소리 같은 작은 소리를 흘리며 나나미가 이따금 몸을 뒤척였다.

나는 수면과 각성 중간쯤에 있는 불안정한 지점을 갈팡질팡 헤매고 있었다.

가나는 이 년 전에 내게 보내는 편지를 나나미에게 맡기고 사라져버렸다. 그 후로 가나의 소식은 전혀 들을 수가 없었다. 이렇게 살았던 흔적조차 지워버리듯이 인간이 갑자기 소실되어 버리는 게 과연 가능할까. 수많은 기억 속에서만 존재하고 싶다고 가나는 썼다. 그것은 과연 무슨 의미일까.

각성하고 있는 부분으로 나는 가나에게 받은 편지를 머릿속으로 반추해보았다. 그것은 최근 이 년간 수없이 되풀이했던 일이다.

"아저씨에게

쿠랑 모모랑 램프아이랑 아디안텀은 잘 있나요? 아저

씨는 건강해요?

나는 지금 뭐라고 말해야 할지, 어떻게 해야 할지 너무나 복잡한 상황이에요. 정리도 못 한 채 방치해뒀던 삶의 온갖 부분들이 한꺼번에 우르르 몰려들면서 매일매일 쓰나미처럼 덮쳐오는 것 같은 공포의 나날들이죠.

말하자면 가나도 분명 램프아이 같아서 빛이 비춰주지 않으면 존재 가치가 없는 물고기인지도 모르겠어요. 아저씨 집의 수조를 바라보며 생각했어요. 나는 사라지는 게 좋겠다고. 당분간은, 혹은 그게 불가능하다면 영원히. 현실 속의 나는 이미 끝났으니, 가능하다면 나는 지금까지 만난 수많은 사람들의 기억 속에서만 존재하고 싶다는 소망을 품기도 해요.

날 보살펴주는 동안 아저씨는 내게 딱 한 가지 질문을 했어요. 왜 우리 집으로 왔느냐고. 그 말에 제대로 대답하지 못했던 걸 난 지금 몹시 후회하고 있고, 그래서 친구에게 이 편지를 맡기기로 했어요.

나는 처음 인터뷰를 하고 아저씨에게 명함을 받았을 때 생각했어요. 나는 아저씨를 아주 오래 전부터 알고 있었을지 모른다고.

우산 자유화는 성공했나요?

언젠가 소프트크림 공격을 해줄게요. 안녕. 정말, 정말 고마웠어요.

　　　　　　　　　　　　　　　　　가나"

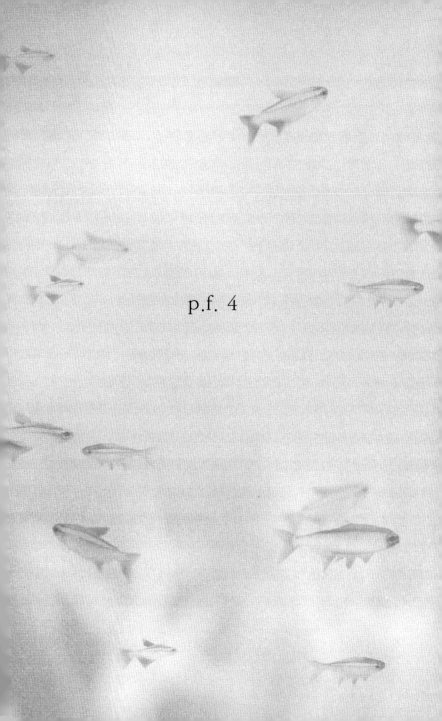

p.f. 4

십구 년 만에 만나는 애인을 과연 어떤 표정으로 맞아야 할까.

오후 두 시에 만나기로 한 유키코와의 약속을 삼십 분이나 앞두고, 나는 신주쿠 역 남쪽 출구 개찰구에 서 있었다.

일요일의 신주쿠는 변함없이 정신이 없을 정도로 혼잡해서 빌딩이나 도로가 아니라 가득 넘쳐나는 인간들이 그대로 북새통이라는 이름을 가진 풍경을 만들어내고 있는 듯했다.

'퍼킹 신주쿠'.

나는 이런 광경을 볼 때마다 언젠가 다카기가 쓴 글에 있었던 구절을 떠올렸고, 그리고 입으로 읊조렸다.

개찰구 근처에는 CD 가게가 있었고, 그곳 카세트라디오에서 존 레논의 「어크로스 더 유니버스」가 흘러나오고 있었다.

"말은 끝없이 내리는 비처럼 흘러나와 종이컵 속으로 들어간다."

그 노래를 들으면서 나는 멍하니 유키코를 기다리고 있었다. 그렇게 나 역시 북새통이라는 이름을 가진 풍경을 만들며 우두커니 서 있었다.

자동 개찰구에서는 도저히 헤아려볼 엄두도 안 날 만큼 수많은 사람들이 그야말로 끝없이 내리는 비처럼 흘러넘쳤고, 그리고 나는 그 인파 속에서 유키코를 발견했다. 내가 유키코를 알아본 것과 거의 동시에 유키코도 나를 알아봤다.

"어이"라고 내가 말을 건넸다.

"어이"라고 유키코가 대답했다.

"오랜만이군."

"정말 오랜만이네."

유키코는 십구 년 전과 조금도 변하지 않았다. 옅은 레몬색 원피스를 품위 있게 차려입었고, 입가에서는 하얀 이가 드러났다. 나는 신비로운 감각에 사로잡혔다. 십구 년의 세월이 인간의 모습을 바꿔놓지 않았을 리 없다. 어쩌면 유키코는 내 기억 속에서도 세월과 함께 조금씩 나이를 먹어갔고, 그래서 내 안에 있는 기억의 영상과 조금도 다르지 않은 것일지 모른다. 나는 살짝 쑥스러워하는 유키코의 웃는 얼굴을 바라보며 그런 생각을 했다.

"안녕하세요?"

유키코 뒤에서 조그만 여자애가 나타나 나에게 그렇게 인사를 건네더니 금세 다시 유키코 뒤로 모습을 감춰버렸다.

"어라?"하며 내가 놀라워했다.

"미안해, 야마자키. 이 애한테 당신 얘기를 했더니 기어코 따라오겠다고 떼를 쓰잖아."

"아야짱?"

"맞아, 아야코야. 자, 얼른 앞으로 나와서 아저씨한테 제대로 인사해야지."

유키코가 재촉했지만, 아야짱은 쭈뼛거리며 좀처럼 앞으로 나오려 하지 않았다.

"이렇게 낯가림할 거면서 왜 따라온대"라고 유키코가 부드럽게 아야짱을 나무랐다.

"안녕하세요?"

마음을 굳히고 유키코의 치마에 매달리듯 앞으로 나온 아야짱이 내게 인사를 건넸다.

"안녕?"이라며 내가 머리를 쓰다듬어주었다.

"아저씨, 물고기, 엄청 많다며?"

아야짱이 짤막짤막 숨을 고르며 작은 목소리로 말했다.

"응. 많지."

"나도 갖고 싶어."

"아야짱도 스티커 사진이 많다던데?"

"응."

"아저씨도 줄래?"

"응. 줄게."

"착한 아이로구나. 그럼, 아저씨도 줄게."

그렇게 말하자, 아야짱이 얼굴을 구깃구깃 일그러뜨리며 기뻐했다. 그 얼굴을 보며 유키코도 어릴 때는 이렇게 웃었을까 생각했다.

우리 세 사람은 신주쿠 역 남쪽 출구에 있는 육교를 신주쿠교엔 방향으로 어슬렁어슬렁 걸어 내려갔다. 그 길은 유키코와 손을 잡고 수없이 걸었던 곳이었다.

"와타나베 씨 맨션이 보이네."

유키코는 그 길을 지날 때마다 교엔 숲 너머에 서 있는 맨션을 눈으로 좇으며 말하곤 했다.

나베 씨의 맨션은 변함없이 그 자리에 서 있었다. 그러나 그 일가는 아주 오래 전에 이사를 갔고, 유키코는 그에 관해 아무 말도 하지 않았다.

그렇지만 유키코는 분명히 마음속으로 그렇게 말했을 거라고 나는 생각했다. 이 언덕길도 그 건물도 우리 두 사람에게는 더 없이 특별한 장소였기 때문이다.

나는 지난 십구 년 동안 여기를 몇 번이나 걸었는지 모른다. 그때마다 나는 무의식중에 눈으로 그 맨션을 찾았고, 유키코가 이곳을 몇 번이나 걸었는지는 몰라도 분명 나와 똑같았을 거라는 것만은 확연하게 상상할 수 있었다.

우리 세 사람은 미쓰코시 백화점 근처에 있는 비어홀로 들어갔고, 나는 흑생맥주, 유키코는 제일 작은 생맥주, 아야짱은 크림소다를 주문했다.

그리고 유키코가 입을 열었다.

"야마자키, 하나도 안 변했네. 정말 신기할 정도로 안 변했어."

"그런가."

"응, 진짜야. 놀라워."

유키코가 그렇게 말하자, 아야짱도 옆에서 "응응"이라는 듯이 맞장구를 쳤다.

"반딧불이가 영어로 뭐더라?"

"파이어플라이(firefly)."

"봐, 이렇다니까"라며 유키코가 손으로 입을 가리며 웃었다.

"별 희한한 걸 알잖아, 옛날부터. 왜 그럴까?"

"글쎄."

나는 나대로 알 것 같기도 하고 모를 것 같기도 한데, 그러면서도 아슬아슬하게 알겠다 싶은 것만 꼭 집어서 묻는 유키코의 예리한 감도 여전해서 놀랐다.

그래서 나도 "유키코도 안 변했어"라고 말했다.

"아야짱, 아저씨한테 부탁할 거 있잖아."

유키코가 선명한 초록빛 소다수를 빨대로 예의 바르게 마시고 있는 아야짱에게 말했다.

"응."

"자, 어서 말해봐."

"저기요. 물을 깨끗하게 하는 좋은 사람의 물고기를 아야짱한테 주세요."

"잘 아네."

"오늘 아침에 엄마한테 들었거든요."

"수조 얘기니?"

"응. 나쁜 세균을 물리쳐주는 좋은 세균을 낳는 물고기가 있다면서요? 나, 그거 갖고 싶어요."

아야짱이 내 얼굴을 똑바로 쳐다보며 말했다. 의지가 강해 보이는 또렷한 검은 눈동자와 긴 속눈썹이 유키코를 쏙 빼닮았다.

"그거 어디 있어?"

"글쎄, 백화점에 있겠지."

"그럼, 데려가 줘."

"아빠한테 같이 가자고 하지"라고 내가 말하자, 아야짱이 입술을 깨물며 고개를 숙여버렸다.

"우리 남편은 정말 대책이 없을 정도로 한심해. 전에는 홱 사라졌다가도 일주일 정도면 들어왔는데, 요즘은 나갔다 하면 한 달씩이나 감감무소식이야. 그나마 돈은 계좌로 보내주니 다행이지. 보나마나 또 여자가 생겼을 거야. 광고대리점에서 일하는 남자들은 그게 유능한 남자라고 생각하니까, 정말 최악이지."

"그럼, 유키코는 마냥 기다리고?"

"뭐, 이젠 어쩔 수 없잖아. 화낼 기력도 없어. 그래도 그 사람은 나름 꽤 다정한 면도 있거든. 뭐, 좀 있으면 지쳐서 돌아오겠지. 그런 생활의 연속이니까."

그렇게 말하고 유키코가 쓸쓸하게 웃었다.

"아이 있는 데서 그런 말 해도 돼?"

"전혀 문제없어. 우리는 정보를 완전 개방하니까. 아야짱은 뭐든 다 알아, 그치?"라며 유키코가 사랑스럽다는 듯이 아야짱의 머리를 쓰다듬었다.

"응."

눈물의 유혹을 필사적으로 이겨낸 아야짱이 고개를 꾸벅 끄덕이더니 "뭐든 다 알아"라며 초록빛 크림소다로 물든 혀를 날름 내밀었다.

"그러니까 물고기 주세요."

"알았어. 이따 백화점 가서 사줄게."

꿋꿋하게 눈물을 참아낸 아야짱에게 감사하며 내가 말했다.

그 대답을 들은 아야짱은 만족스러웠는지 크림소다를 다 비웠고, 유리잔에 작은 손가락을 넣어 빨간 체리를 끄집어냈다. 그리고 천장을 올려다보더니 그 보물을 아주 소중한 듯이, 조금은 부끄러운 듯이 천천히 입 안으로 낙하시켰다.

"그래서 나도 한때 엉망으로 피폐해진 적이 있었어."

"그럴 만도 하겠지."

"상대가 그렇게 나오면, 난 나대로 적당히 놀아주겠다고 작정했지. 그래서 일주일에 사흘 정도는 신주쿠로 나가서 고주망태가 됐어."

물고기를 사주겠다는 약속을 받고 소중한 체리를 다 먹고 나니 안심이 됐는지, 아야짱은 유키코의 허벅지에 매달리듯 앉아 꾸벅꾸벅 졸기 시작했다.

"그러던 어느 날 술집에서 딱 만난 거야"라고 말한 유키코가 아무래도 망설여지는 듯이 입을 꼭 다물었다.

그리고 말을 이었다.

"풍채도 전혀 볼품없었고, 한눈에 보기에도 시원찮은 남자였지만, 난 이미 오히려 그런 부류가 더 좋을 정도였지. 그래서 그가 이끄는 대로 적당히 맞춰주며 호텔로 들어갔어. 취한 척하면서. 오쿠보에 있는 허접스러운 러브호텔이었지."

"호오."

나는 왠지 걱정스러워서 아야짱의 기색을 살폈다. 아야짱은 여전히 유키코의 치마에 매달려서 꿈과 현실의 중간보다는 꿈쪽에 더 가까운 지점에서 헤매고 있는 것 같았다.

나는 두 잔째 흑맥주를, 유키코는 작은 생맥주를 주문했다.

"그래도 일단 물어보긴 했어. 당신은 무슨 일을 하느냐고."

"그랬더니?"

"작은 데라 잘 모르겠지만, 출판사에서 일하면서 꾸준히 책을 만든다는 거야."

"하하. 설마?"

나는 엉겁결에 입에 머금고 있던 흑맥주를 내뿜을 뻔했다.

"그래서 내가 물었지. 편집 일을 한다니 멋지다, 별 지장 없으면 어딘지 말해줄 수 있냐고."

"어어."

"그랬더니 그 남자가 제법 고지식한 표정을 지으며 말하는 거야. 문인출판이라는 곳입니다."

유키코도 나도 무심코 깔깔거리며 한바탕 웃어젖혔다.

"그래서 내가 더 캐물었어. 편집자면 책을 많이 읽으시겠다고. 그랬더니 글쎄 그 사람이 '그럼요, 그게 우리 일이니까'라던가 뭐라고 중얼거리면서 떨떠름한 표정으로 담배를 피우는 거야."

"하하."

"그래서 내가 지금까지 읽은 책 중에서 어떤 책이 제일 좋았냐고 캐물었거든."

유키코가 장난스럽게 내 눈을 보고 웃으며 대답을 재촉했다.

"《인간실격》?"

"맞았어. 제일 좋았던 책은 역시 《인간실격》이라고 대답할 수밖에 없다나. 그러면서 잔뜩 폼을 잡는 거야."

유키코와 나는 결국 배를 잡고 웃고 말았다. 그렇게 우리도 어느새 비어홀의 조용한 웅성거림의 연주자가 되어 있었다.

"그래서 내가 이렇게 말했어. 내 친구 중에 문인출판 잡지에 출연했던 애가 있다고. 그랬더니 그가 횡설수설하며 어쩔 줄을 모르는 거야. 자기네 회사를 아냐고."

"멍청한 녀석."

"그래서 결국이랄까 당연하다고 할까, 아무 일 없이 호텔에서 나왔어. 둘 다 김이 새버렸으니까. 직업상 이렇게 가끔 러브호텔 점검 비슷한 걸 해야 한다나 뭐라나, 멋쩍었는지 그 사람이 변명을 하더라. 그 후로 이가라시 씨랑은 술친구 같은 분위기가 돼서 이따금 신주쿠에서 만나면 즐겁게 마시는 사이가 됐지."

그렇게 말하고 유키코가 맥주잔을 입으로 가져갔다.

"러브호텔에서 나와서 택시를 타고 거리 풍경을 바라보는데, 왠지 눈물이 멈추질 않는 거야. 슬퍼서. 야마자키 생각이 났어. 아아, 난 지금도 이렇게 야마자키에게 보호받고 있구나, 그러니 앞으로는 절대 이런 바보짓은 하지 말아야겠다."

그렇게 말한 유키코는 입술을 깨물더니 가느다란 손가락으로 머리칼을 휙 쓸어 올렸다.

"나에게 보호받는다고?"

"그래."

"내가 보호받은 게 아니고?"

"왜?"

"그야 유키코가 나에게 도쿄 지리를 알려주고, 나를 위해 늘 뭔가를 선택해주고, 그 방법이나 이유도 알려줬잖아. 결국은 일자리까지 유키코가 찾아줘서 십구 년이 지난 지금도 그곳에서 일하고 있고."

"그게 뭐?"

유키코가 이상하다는 듯이 나를 바라보았다.

"그런 건 마음만 먹으면 누구나 할 수 있는 일이야. 게다가 실
제로 야마자키는 나랑 헤어진 후로 자기 혼자 힘으로 그것들을
해왔잖아."

비어홀은 잔물결 같은 웅성거림으로 에워싸여 있었다. 나는
그 파도 사이에서 튜브를 끌어안고 떠다니는 듯한 신비로운 감
각에 휩싸였다.

"그리고 난 이런 생각을 해. 예를 들면 오른쪽 왼쪽으로 갈리
는 길이 있는데, 오른쪽으로 가는 게 즐겁다고 확신하고 오른쪽
으로 간 사람과, 올바른 길이 어딘지도 모른 채 그렇지만 결과
적으로는 오른쪽으로 가버린 사람이 있다면, 어느 쪽이 더 우수
하고 또 어느 쪽 인생이 더 즐거울까?"

"하지만 왼쪽으로 가버리면?"

"그게 말인데, 그 사람이 왼쪽으로 가고 있을 때는 대개는 어
느 쪽이든 상관없을 때야. 왼쪽으로 가도 반드시 그 앞에 오른
쪽으로 연결되는 길이 있다는 걸 아는 때라거나, 오히려 왼쪽으
로 가는 게 길이 울퉁불퉁해서 더 즐거울 때라거나."

나는 흑맥주를 마시고 담배를 피우며 유키코의 긴 속눈썹과

꽉 오므린 것 같은 얇은 입술을 멍하니 바라보았다.

"그렇지만"이라고 말한 유키코가 다음 말을 머뭇거렸다.

"그렇지만?"

"나처럼 마땅히 가야 할 올바른 길을 알고 있다고 믿는 사람은 망설임 없이 오른쪽 길로 걸어가거든. 그리고 일단 그 길로 접어들어 걷기 시작하면 두 번 다시 되돌아갈 수 없어."

"그런데 나는 그날 밤, 왼쪽 길로 접어들었고 다시는 돌아올 수 없게 됐지."

"아냐, 그렇지 않아. 이제는 알아. 넌 왼쪽으로 간 게 아니야. 넌 그저 늘 그랬듯이 길 앞에 멈춰 서서 아무것도 선택하지 않았을 뿐이야. 문제는 나야. 내가 오른쪽 길로 성큼성큼 걸어가기 시작했고, 정신을 차려보니 이미 돌이킬 수 없는 곳에 있었지."

그렇게 말하는 유키코의 눈에 눈물이 어려 있었다.

"아이가 사다리를 올라갔는데 정신을 차려보니 너무 높은 곳에 있었던 거야. 돌아보니 너무 무서워서 다리가 굳어버리고 옴짝달싹 못하는 거지. 돌아보면 무서우니까 ……."

귀에는 닿지만 의식에는 닿지 않는 웅성거림이 마치 BGM(배경 음악)처럼 조용히 울려 퍼지고 있었다. 존 레논이 노래했듯이 우리는 분명 이렇게 말들을 종이컵 속에 계속 들이붓고 있는지도 모른다. 끝없이 내리는 비 같은 말들을.

"야마자키, 우리 아파트 현관문을 밤새도록 두드린 적도 있었지. 유키코, 유키코라고 작은 소리로 부르면서."

"사과하고 싶었어. 단 한 마디라도."

"그날 난 집에 있었어. 울고 있었지. 조심스럽게 똑똑 두드리는 야마자키의 노크 소리를 들으면서. 난 실은 헤어지고 싶지 않았어. 이렇게 다정한 노크 소리를 몇 시간씩 계속 낼 수 있는 사람은 없다, 그런 생각이 들었지. 그런 사람과 헤어지고 싶지 않았어."

이윽고 유키코의 눈에서도 조용히 눈물이 흘러넘쳤고, 끝없이 내리는 비 같은 말처럼 종이컵 속으로 떨어져 내렸다.

"하지만 난 이제 돌아갈 수 없다고 생각했지. 그건 야마자키가 잘못해서가 아니라 내가 그렇게 살아왔기 때문이야. 옳다고 믿고 걸음을 내디딘 길을 한 번도 되돌아간 적이 없었고, 그럴 필요도 없었어. 게다가 만약 한번 그랬다간 두 번 다시 앞으로 나아갈 수 없을 것 같았어. 그건 야마자키 류지에게 필요한 가와카미 유키코가 아니야. 그러니 무슨 일이 있어도 문을 열면 안 된다고 생각했어. 일단 사다리를 오르기 시작한 어린애는 돌아보지 않고 계속 올라갈 수밖에 없으니까."

그렇게 말한 유키코가 손끝으로 눈물을 훔쳤다.

그리고 "미안해"라고 말했다.

아야짱은 조용히 잠들어 있었다. 천사처럼 천진하고 순진무구하게 잠들어 있었다.

"와타나베 씨, 틀림없이 우리에게 살아가기 좋은 환경을 만들어주려고 했을 거야."

그리고 유키코가 작은 목소리로 말을 이었다.

"파일럿 피시."

"어?"

유키코가 서글픈 듯이 눈을 내리뜨고 다시 한 번 중얼거렸다.

"파일럿 피시. 나 그리고 우리 두 사람의."

유키코와 나는 한동안 입을 다물고 말았다.

나는 포크와 나이프로 초리조(chorizo, 돼지고기를 잘게 다져 마늘과 칠리 파우더, 소금, 후추, 피망, 기타 향신료 등을 넣고 건조 혹은 훈연시킨 소시지)를 솜씨 좋게 자르고는 작은 접시에 예쁘게 담아 친구들에게 나눠주는 아가씨, 맥주잔을 몇 개씩이나 손가락에 끼우고 춤추듯 가게를 누비는 웨이터의 모습을 바라보았다. 아가씨가 초리조에 곁들여주는 초절임 양배추의 명칭을 떠올리려 애를 써봤지만, 좀처럼 생각이 나지 않았다.

웅성거림의 잔물결 위를 떠다니던 나는 어느새 바닥으로 가라앉아 버린 듯한 기분이 들었다. 고요했고 마음은 신기할 정도로 평온했다.

와타나베 씨의 집 풍경을 떠올리는 것은 내게는 늘 가슴의 통증이 동반되는 작업이었다. 그 광경은 치과에서 순서를 기다릴 때나 취재하러 나간 낯선 지역의 낯선 뒷골목을 걸어갈 때나 좀처럼 잠들 수 없던 밤이 새벽을 맞이할 무렵, 아무런 조짐도 없이 느닷없이 내 마음 깊은 곳에 되살아났다.

와타나베 씨의 가족과 유키코와 함께했던 시간. 그것은 어느 순간을 도려내도 하나같이 티 없이 맑아서 수조 속에 있는 것처럼 잔잔하고 평화로운 시간이었다.

나나미가 수조를 바라보다 문득 슬퍼진다며 울었듯이, 내게는 그 기억이 너무나도 투명하고 아름다웠고 또한 위험했다.

티 없이 맑은 물속을 떠다니는 아름다운 물고기처럼 닿을 듯하면서도 두 번 다시 닿을 수 없는 과거. 눈처럼 소리도 없이 내리며 쌓여가는 고요한, 그러나 확실한 시간. 램프아이의 눈동자처럼 언제나 빛을 반사하는 아름다운 유키코의 모습. 진정한 것임에 틀림없었을 두 사람의 사랑. 깨진 유리처럼 늘 반짝였던 유키코와 내 꿈의 파편들.

대체 그것들은 어디로 가버린 것일까. 왜 소멸하지도 않고 아직까지도 내 가슴을 콕콕 찌르며 여전히 아리게 할까. 그로부터 십구 년이나 지났는데도 흡사 수족관처럼 이토록 푸르고 선명하게.

"유키코."

"응?"

"스파게티를 먹을 때, 난 지금도 스푼에 돌돌 말아서 소리 내지 않게 먹으려고 애쓰고, 담배가 떨어져도 절대 재떨이의 꽁초는 줍지 않아. 왜 그런지 알아?"

"글쎄."

"그건 네가 싫어하기 때문이야."

"내가 싫어해?"

"그래. 그렇게 헤어진 후로 십구 년이 흘렀고 목소리 한 번 못 들었지만, 난 지금도 여전히 확실하게 영향을 받고 있어. 그것도 아주 구체적으로 넌 내 행동을 제약하고 있어. 그래서 난 지금도 남들 앞에서는 절대 껌을 씹지 않아."

"내 영향 때문에?"

"그래. 유키코가 싫어하니까. 그리고 난 생각했어. 네가 설령 내 앞에서 사라졌다 해도 둘이 보냈던 날들의 기억은 남아. 그 기억이 내 안에 있는 한, 나는 그 기억 속의 너에게 계속 영향을 받지. 물론 유키코뿐만 아니라 부모님이나 나베 씨, 지금까지 만났던 많은 사람들에게 영향을 받고, 그런 사람들과 함께한 시간의 기억의 집합체처럼 지금의 내가 존재하는지도 모른다는 생각이 들 때가 있어."

"기억의 집합체?"

"그래. 그래서 말인데, 유키코. 난 너랑 헤어지지 않았어. 그게 바로 사람과 사람이 만난다는 의미 아닐까? 한번 만난 사람과는 두 번 다시 헤어질 수 없어."

"헤어지지 않았다."

"지난번에 오랜만에 유키코의 목소리를 들은 순간, 나는 바로 그 목소리가 네 목소리인 걸 알았지. 그 순간 난 생각했어. 생각했다기보다 평소부터 늘 마음속에 있던 게 말로 나온 셈이지."

"잊어버리는 건 없어?"

"물론 있지. 그렇지만 잊어버리는 건 표층적인 거고, 그냥 잠시 잊었을 뿐 소멸한 게 아니야. 당장은 필요가 없으니 마음의 호수 같은 곳에 차곡차곡 던져질 뿐이지. 하지만 그것들은 어떤 순간에 다시 떠올라."

"마음의 호수 같은 곳."

"응. 아주 크고 깊지."

유키코가 내 눈을 보며 희미하게 미소를 머금었다.

그리고 이렇게 말했다.

"그거 혹시 바이칼 호만 해?"라고.

〰️

건강한 아야짱의 낮잠은 계속되었다.

나는 생맥주를 한 잔 더 시키기로 했다. 유키코가 "그럼, 나도 한 잔 더 할까"라며 세 잔째 맥주를 주문했다.

"여자 친구 얘기 좀 해줘."

"으음, 좋지."

"나나미짱이라고 했나. 어떤 아가씨야?"

"다정한 아가씨야."

"어떻게?"

"나랑 열아홉 살 차이나 나. 그게 그녀에겐 불안의 씨앗이지. 그래서 늘 잠들기 전에 내가 마흔이면 쉰아홉, 쉰이면 예순아홉, 예순이면 일흔아홉이라고 헤아리고 한숨을 내쉬지. 그러고는 아흔아홉까지만 살아줘, 여든이면 나도 참을 수 있으니까, 라고 해."

"어머, 귀엽다. 그럼 야마자키는 뭐라고 대답해?"

"으음, 힘을 내보겠다고. 그러면 또다시 양 숫자를 헤아리듯

마흔에 쉰아홉, 쉰에 예순아홉 중얼중얼 읊조리기 시작하고, 그
러다 잠들어."

"사랑하는구나."

"어어. 나 나름대로는."

"부럽다. 우리 나이에 자기 자식 외에 사랑하는 사람이 있다
는 건 행복이야."

"그런가."

"물론이지."

그리고 나는 나나미를 알게 된 경위를 유키코에게 들려주었
다. 그것은 신주쿠 풍속양의 카리스마적인 존재였던 가나를 인
터뷰한 부분부터 시작하는 긴긴 이야기였다. 유키코는 "흐음"
"재밌네" "그런 일도 있구나"라고 적당히 맞장구를 치며 내 애
기에 귀를 기울였다.

가나가 내 집으로 몇 주간 피난 오듯 도망쳐왔을 때 얘기를
들려주자, 유키코가 눈빛을 반짝이며 물었다.

"했어?"

"안 했어"라고 내가 대답하자, 살짝 실망스러운 기색을 보이
며 "아이 왜, 아깝다"라며 아쉬운 듯 어깨를 떨어뜨렸다.

그리고 가나의 실종.

가나의 편지를 들고 우리 집을 찾아온 나나미와의 만남. 모모

가 그녀의 청바지에 오줌을 싸버린 일. 그리고 그 후 벌어진 믿기지 않는 그날 밤의 일.

"사람의 인연이란 건 역시 신기하네."

"왜?"

"그렇잖아. 몇 주일이나 같이 생활한 아가씨랑은 아무 일도 없고, 처음 만난 아가씨랑은 그런 일이 벌어졌잖아."

"듣고 보니 그러네. 아무튼 그래서 우리 집 강아지에게 쿠와 모모라는 이름을 붙여준 사람은 나나미가 아니라 가나짱이야."

"그러네. 그랬구나"라며 유키코가 살짝 쑥스러운 표정을 지었다.

"그렇지만 네 생활 속에 젊은 아가씨의 존재가 있다는 예감은 크게 틀리진 않았잖아."

"응. 그건 그렇지."

"가나짱의 그 편지에는 뭐라고 쓰여 있었어?"

"그게 또 묘한 편지였어."

"괜찮으면 얘기해줘."

나는 한 글자 한 구절까지 모두 외우고 있는 가나의 편지 내용을 유키코에게 들려주었다.

"기억 속에서만 존재하고 싶다. 왠지 의미심장하네."

"무슨 뜻인 것 같아?"

"잘은 모르겠지만, 일반적으로 생각하면 죽는다는 거잖아, 그 말은?"

"그런가."

"일반적으로는 그렇다는 뜻이야. 그런데 가나짱은 뭔가 평범하지 않은 느낌이니까 어쩌면 완전히 다른 의미일지도 모르지."

"그런데 말이야"라고 내가 말했다.

"응?"

"그 편지 말미에 가나짱이 실은 아주 오래 전부터 나를 알고 있었다고 썼더군."

"그게 무슨 뜻이야?"

"그리고 마지막에 '우산 자유화는 성공했나요?'라고 쓰여 있었어."

"앗" 하고 작은 비명을 지른 유키코의 눈동자가 한층 강한 빛을 머금었다. 유키코의 두뇌가 완전 가동되며 과거 기억의 주변을 빙글빙글 돌아가는 듯했다.

"우산 자유화?"

"그래."

"야마자키가 그 얘기를 가나짱한테 했어?"

"아니, 그건 나베 씨 집에서만 했고, 십수 년간 떠올린 적조차 없어."

"그럼, 가나짱이 혹시 후유카?"

"혹은 아키나. 그렇지만 그건 알 수가 없고, 정확한 건 아무것도 몰라."

"생각해봐."

"많이 생각해봤어. 그런데도 통 모르겠어."

심지어 가나의 존재 자체가 내 기억에서 파생된 망상이 아닐까 하는 생각까지 한 적이 있었다. 그러나 쿠가 있고, 모모가 있었다.

"사토코 씨는 이미 십수 년 전에 교토로 돌아갔어. 후유카는 어학 공부하러 유럽으로 갔고, 아키나는 도쿄에서 프리터 생활을 한다는 소문을 듣기 했는데. 야마자키는 뭐 좀 아는 거 없어?"

"없어, 그 후로 한 번도 연락을 주고받지 않았으니까."

"나도 그래. 십오 년 전쯤에 연하장을 받은 게 마지막이었을까."

그리고 두 사람은 한동안 말할 기력조차 잃은 듯이 입을 다물어버렸다.

"후아앙" 하는 고양이 신음 소리 같은 소리와 함께 아야짱의 낮잠이 끝나려 했다.

"회사를 그만둘 생각이야."

"문인출판?"

"그래. 일어나서 나가지 마. 이번에는 온전히 내 힘으로 알아볼 테니까."

"나나미짱을 위해서?"

"그래. 그리고 나 자신을 위해."

그 후 세 사람은 비어홀에서 나와 신주쿠 미쓰코시 옥상에 있는 열대어 매장으로 향했다. 그곳에서 나는 아주 작은 열대어 세트를 아야짱에게 사주었다. 그리고 팔팔하고 건강한 구피 두 마리도. 그 파일럿 피시 두 마리가 그 아이의 수조의 미래를 좌우할 것이다.

아야짱은 더는 불가능할 정도로 입을 활짝 벌리며 완벽하게 기쁨을 표현했다. 그리고 "내 수조, 이제 깨끗해져?"라고 내게 물었다.

"걱정 마. 깨끗해질 거야. 좋은 사람의 물고기가 갈 테니까"라고 내가 대답하자, 아야짱이 "응응"이라고 만족스러운 듯이 고개를 끄덕이며 처음으로 내 손을 잡았다.

신주쿠 미쓰코시에서 나와 가부키초 입구에 있는 게임센터로 향했다.

들어가자마자 "'전철로 Go'게임 하고 싶어!"라고 아야짱이 소리쳤다.

"넌 못 하잖아"라고 유키코가 말했다.

"그럼, 두더지게임"이라며 아야짱이 유키코에게 받은 백 엔짜리 동전을 기계에 넣었다. 그것은 바위 틈새에서 몇 마리씩 나왔다 숨었다 하는 두더지들을 차례대로 핑크색 망치로 두드리는 흔하디흔한 시시한 게임이었다.

"게임센터에 오면 늘 아야코가 이제 그만하겠다고 할 때까지 놀게 놔줘"라고 아야짱이 분투하는 모습을 다정하게 지켜보며 유키코가 말했다.

"오늘도 그래도 돼"라고 나 역시 아야짱이 게임 하는 모습을 바라보며 말했다.

그런데 아야짱은 오늘 열대어가 신경 쓰여서 두더지게임에 좀처럼 집중할 수 없었는지, "엄마, 빨리 집에 가자"라고 조르기 시작했다.

"그럴까? 자 그럼, 스티커 사진 찍고 가자"라고 유키코가 대답했고, 셋이 기계 앞에 섰다.

스티커 사진 기계는 빛이 새어나가지 않게 비닐 시트로 싸여 있었다. 그 작은 세계에 유키코와 나, 그리고 아야짱 세 사람이 있었다.

아야짱은 유키코에게 받은 백 엔짜리 동전 세 개를 능숙하게 집어넣더니, 유키코에게 안긴 채 익숙한 손놀림으로 잇달아 기계를 조작해갔다.

이윽고 번쩍하며 플래시 불빛이 터졌다.

이상한 음악이 울리기 시작했고, 얼마쯤 지나자 우표처럼 인쇄된 스티커가 완성되었다. 유키코와 나 사이에 끼어 있는 아야짱이 살며시 미소를 짓고 있었다.

"아야코, 잘 나왔네"라고 유키코가 말하자, "응"이라며 아야코가 고분고분 고개를 끄덕였다.

"오줌은?"

"안 눠."

"야마자키, 나 화장실에 다녀올 테니까 아야코 좀 잠깐 봐줄래"라며 유키코가 화장실로 향했다.

둘만 남자, 내가 "아야짱"이라고 불렀다.

"응?"

"아야짱한테 부탁이 있어."

"응."

"엄마를 잘 돌봐줘."

"응."

"엄마를 괴롭히는 사람이 나타나면, 아까 그 두더지처럼 힘껏 때려줘야 해."

"응"이라고 대답한 아야짱의 눈에 순식간에 눈물이 그렁거렸다.

"그래, 착한 아이구나"라며 내가 머리를 쓰다듬어주었다. 눈에 가득한 무구한 눈물을 바라보고 있으니 나까지 눈물이 쏟아질 것 같았다. 가능하다면 그 자리에서 아야짱을 꼭 끌어안아주고 싶었다.

"그리고."

"응."

"사다리를 올라가고 싶으면."

"사다리?"

"그래. 아직 잘 모를지 모르지만 기억해둬. 사다리를 올라가고 싶으면 아래를 돌아보면서 올라가야 해."

아야짱은 아무 말 없이 고개를 꾸벅 끄덕였다.

유키코가 돌아와서 세 사람은 게임센터에서 나왔다.

"힘내서 아흔아홉 살까지 살아."

헤어질 때 유키코가 말했다.

"으응. 가능한 한."

"야마자키, 방향치이길 다행이네."

"길 잃지 않게 조심해"라고 헤어질 때마다 늘 속삭이던 유키
코의 목소리가 가슴속에서 되살아났다.

"안 그래? 넌 그렇게 너답게 살아가고 있잖아"라고 유키코가
말했다. 그 말에 뭐라고 대답하고 싶었지만 좀처럼 그 말을 찾
을 수가 없었다.

그리고 마치 혼잣말처럼 유키코가 불쑥 중얼거렸다. 그 말은
깊은 바닷속으로 묻어버리고 싶어지는 울림을 띠고 있었다.

"우리 남편의 지금 여자."

그렇게 말하고 유키코가 입술을 깨물었다.

그리고 이렇게 덧붙였다.

"이쓰코야."

나는 그 말이 빛도 닿지 않는 바닷속 깊은 곳으로 가라앉길
기원했다. 그것 말고는 내가 할 수 있는 게 아무것도 없었다.

"안녕"이라며 유키코가 조금 섭섭해하듯 미소를 지었다.

"정말 즐거웠어."

그렇게 말하고 유키코는 아야짱의 손을 이끌고 신주쿠 역 방
향으로 걸어가기 시작했다. 그 모습은 머지않아 인파 속으로 완
전히 파묻혀 버렸다.

홀로 남겨진 나는 이러지도 저러지도 못한 채 한동안 그 자리에 웅크려 앉아 있었다. 아야짱 수조의 미래를 떠올렸다. 오른쪽으로, 오른쪽으로만 돌진해서 되돌아오지도 못하고 두려움에 떨고 있는 유키코를 떠올렸다. 지금도 나의 보호를 받는다고 느낄 때가 있다는 유키코의 말이 머릿속에서 맴돌았다. 유키코는 언제부터인가 자기를 둘러싸 버린 생태계 속에서 꿈틀거리고 있고, 그것이 그녀에게 아무리 괴로운 환경이라도 수조를 다시 만들듯이 간단히 새로 시작할 수는 없는 노릇이다. 나와 헤어진 후에도 이쓰코를 계속 만나온 유키코. 그리고 또다시 남편을 가로채이고 피폐해져서 이가라시 같은 녀석과 러브호텔로 숨어들었던 유키코. 그 모든 게 어쩔 수 없는 일이었을까.

유키코는 와타나베 씨의 죽음으로 엉클어지기 시작한 생태계를 감수해내듯 살아왔다. 아니, 그게 아니라 계속 받아들이고 싶었던 것일지도 모른다. 아니, 그게 아니다, 그게 아니고 그 청아하고 맑은 생태계를 무너뜨린 것은 바로 나와 이쓰코이지 않았던가. 그렇기 때문에, 그 물속에 아직도 있기 때문에 유키코는 또다시 이쓰코에게 배신을 당하고 말았다. 내가 무너뜨려버린 생태계 안에서 유키코는 여전히 허덕이며 헤엄치고 있는 것일까. 하지만 이렇게도 말할 수 있다. 애당초 유키코와 내가 알게 된 것은 이쓰코에게 남자 친구를 뺏기고 울고 있을 때였다. 그것은 곧 나를 만나기 전부터 유키코는 똑같은 생태계에 있었다고 말할 수도 있다. 거기까지 생각하고 나의 사고 기능은 정지되었다.

"대부분의 여자의 행복은 ……."

먼 옛날 유키코의 새된 외침이 귓가에 되살아났다.

"보컬 쪽이야."

저녁나절의 가부키초는 기울어가는 나른한 석양이 줄지어 늘어선 빌딩 창에 어지럽게 반사되었고, 그 빛에 저항하듯 수많은 네온이 흐릿하게 불을 밝히기 시작해서 뭐라 형언하기 힘든 환상적인 공간을 만들어냈다. 그것은 거대한 우주정거장 같기도 하고, 모조품투성이인 유원지의 야경 같기도 했다. 이 거리가 유일하게 애절한 표정을 짓는 아주 짧은 시간대였다.

나는 그저 멍하니 그토록 북적이던 사람들이 어스름한 어둠 속으로 빨려들며 결국 주인공 자리를 네온 불빛에 내주는 모습을 바라보고 있었다.

이 거리의 구석구석까지 취재 기자와 카메라맨을 데리고 누비고 다녔던 십구 년. 무아지경으로 이 우주를 가로질러 온 나날들.

"야마자키, 뭐든 좋아, 뭐든 좋으니까 자신을 믿어. 마음 가는 대로 살아. 자기의 능력만 믿고 마음 가는 대로 자유롭게"라는 말을 남긴 채, 북쪽의 시커먼 바닷속으로 사라져간 나베 씨. 지금의 나는 그의 말대로 살아가고 있다고 말할 수 있을까.

다음 주라도 문인출판에 사표를 내자. 그렇게 결심했다. 이가라시 녀석, 보나마나 펄쩍 뛰며 놀라겠지. 사와이 씨가 몸져누운 후로는 일도 제대로 안 하고 하나부터 열까지 모조리 나한테 미루기만 했으니까. 뭐, 하긴 그 충격으로 책을 또 한 권 읽을지도 모르지.

그리고 모리모토를 만나러 고베로 가자. 그 녀석도 벌써 몇 년째 못 만났다. 아무 도움도 안 될지 모르지만, 모리모토의 배후에 깔려 있는 어둠을 같이 바라봐 주자. 그 정도는 해줄 수 있을 것이다. 그 후의 일은 모르겠지만, 비록 단 하나라도 좋으니 우산을 자유화하는, 그런 일을 하면서 살아가자.

갑자기 나나미의 목소리가 간절히 듣고 싶어져서 비틀비틀 일어나 공중전화를 찾아 헤맸다. 딱히 전할 말이 있었던 것은 아니다. 그저 내가 알고 있는 세 개의 바다와 그리고 내가 모르는 네 개의 바다의 잔물결 소리를 듣고 싶었다.

그러나 이것만은 물어보자.

나나미, 만약 내가 아흔아홉 살까지 못 살아도 용서할 수 있지?

그 후에도 변함없이 나나미답게 살아갈 수 있지?

나는 신주쿠 역을 향해 걸음을 내디뎠다. 인파를 헤치듯이 지하 통로를 빠져나가 가쁜 숨을 몰아쉬며 주오 선 플랫폼으로 올라갔다. 플랫폼을 걸어가면서 비로소 오늘은 일요일이라 쾌속전철이 니시오기쿠보에 서지 않는다는 사실을 알아챘다.

뭐, 상관없었다.

이제 와서 다시 계단을 내려가 소부 선 플랫폼까지 돌아갈 기력은 남아 있지 않았다.

지정된 흡연 장소에서 담배를 피우며 멍하니 서 있는데, 맞은편 플랫폼에 있는 유키코와 아야짱의 모습이 눈에 들어왔다. 나는 주오 선 하행인 10번 플랫폼에 있고, 유키코와 딸은 지바 방향 소부 선 11번 플랫폼에 있었다.

아야짱은 열대어 세트를 소중하게 두 팔로 끌어안고 있고, 유키코는 그 등에 살며시 손을 얹고 있었다.

유키코가 입은 옅은 레몬색 원피스를 보고 나는 그제야 생각했다. 그러고 보니 처음 만났을 때도, 내 방에 찾아왔을 때도,

그리고 찻집에서 만났던 마지막 날에도 늘 똑같은 색깔 원피스를 입고 있었구나 하고. 그리고 이런 생각도 들었다. 지금 그걸 처음 알아챘듯이, 세월과 함께 잊어가는 것이 있는 동시에 그와 함께 생겨나는 감각도 있을 거라고.

이윽고 유키코도 나를 알아채고, 먼 곳을 바라보는 시선으로 이쪽을 바라보았다.

나는 담뱃불을 끄고 조그맣게 손을 흔들었다.

유키코는 아야짱이 알아채지 못하게 살며시 손가락을 흔들었다.

만약 이 사랑이 정말 진심이었다면, 이 세상 어딘가에서 반드시 재회하게 될 거라고 유키코는 나에게 썼다. 그것이 오늘이었을까.

"안녕"이라고 내가 입을 움직였다. 그것은 십구 년 동안 유키코에게 하지 못했던 말이었다.

'안녕, 유키코. 넌 틀림없이 안녕이라는 말을 하기 위해 오늘 여기까지 나온 거겠지'라고 나는 마음속으로 중얼거렸다.

"이제 두 번 다시 널 못 만날지도 몰라."

"안녕"이라고 유키코의 입술도 움직이는 것처럼 보였다.

"그렇지만"이라고 내가 중얼거렸다.

그렇지만, 나는 앞으로도 늘 너와 함께할 거야. 그것이 우리가 만나고, 함께 시간을 보내온 진정한 의미 같은 기분이 드는군. 나는 너와 헤어졌고, 서로 각자의 시간을 보내왔고, 앞으로도 계속 그럴 테지. 그것은 수많은 젊은 연인들과 다름없는 싱거운 만남과 싱거운 이별이었을지도 모르고, 긴 인생의 시간에 비교하면 북국의 여름처럼 짧은 시간이었을지도 모르지. 그렇지만 난 생각해. 내 마음 깊은 곳에는 호수 같은 장소가 있고, 그 주변은 맹수투성이에 각다귀가 붕붕 날아다닐지도 모르지만, 그곳에는 너와 함께한 시간의 기억이 가라앉아 있지. 그것은 탁자 위에 재떨이가 있듯이 확실하게 존재하지. 그러니 나는 너와 함께 있고, 앞으로도 너는 내게 여러 가지 영향을 계속 미칠 거야. 우리 둘은 헤어질 수 없어.

바람이 플랫폼을 훑으며 선로를 넘어서 11번 선으로 건너갔다. 그 바람을 맞은 유키코의 긴 머리칼이 한순간 획 하고 일어나 허공에서 춤추듯 휘날렸다.

그런 건 전혀 개의치 않고, 유키코는 계속해서 가느다란 하얀 손가락을 살며시 흔들었다. 내가 바라보는 동안은 언제까지고 멈추지 않고.

이윽고 10번 선에는 오렌지색 전철, 그리고 11번 선에는 노란색 전철이 거의 동시에 미끄러져 들어왔고, 우리를 완전히 가로막았다.

"방향치 군!"

먼 옛날에 들었던 유키코의 외침과 한가롭게 하늘거리던 제철 지난 노란 민들레가 생생하게 되살아났다.

그러나 나는 안다. 설령 지금 전철을 타지 않고 그냥 보내도 이제 옛날처럼 11번 선에 유키코의 모습이 있지는 않으리라는 것을.

그래도 나는 전철 한 대를 그냥 보내야 할까.

그렇게 생각한 순간, 갑자기 하얀 개가 내 머릿속에 나타나 맴돌기 시작했다.

꼬리가 잘린 개는 눈 깜짝할 새에 속도를 높이며 팽이처럼 빙글빙글 돌았다.

눈을 감자 어둠 속에서 하얀 개가 돌아가는 궤적의 잔상만 또렷하게 떠올랐다.

그것은 애절할 만큼 같은 장소만 맴돌았고, 더는 어디로도 갈 곳이 없는, 그렇다고 끝날 것 같지도 않은 원만 하염없이 그렸다. ✒*end.*

이 작품은 마치 고요한 수조를
바라보는 인상을 불러일으킨다

우리는 인생에서 헤아리기조차 싫을 정도로 수많은 만남과 이별을 되풀이한다. 그것은 세계적인 인기 스타든 입원 중인 독거노인이든 집에만 틀어박혀 지내는 청년이든 기본적으로는 모두 마찬가지다.

누구나 어떤 형태로든 누군가를 만나고 또 헤어진다. 단 한순간 스쳐 간 만남에서부터 자기 인생에서 더없이 소중한 사람과의 만남까지 그 종류는 실로 다양할 것이다. 이별도 그렇다. 가까이 있어도 마음은 떠나버린 이별에서부터 두 번 다시 못 만나지만 마음만은 끈끈하게 이어져 있는 이별까지 ······.

그런데 "사람은 한번 만난 사람과는 두 번 다시 헤어질 수 없다"라고 작가는 말한다. "인간에게는 기억이라는 능력이 있고,

따라서 좋든 싫든 그 기억과 더불어 현재를 살아가기 때문"이
라고.

　어떤 형태로 이별을 인식했든 결국 그 사람과는 헤어질 수 없
다는 뜻이다. 이 작품은 완전한 이별의 불가능성을 기억과 연결
지으며 풀어나간다. 인간은 존재 자체가 기억의 집합체인 것처
럼 숱한 기억들로 이뤄져 있다. 어떤 식으로 헤어졌든 헤어진
그 누군가의 기억은 영원히 남는다. 그리고 그 누군가는 우리의
기억 속에서 꾸준히 성장하며 계속해서 영향을 미친다. 아니,
굳이 기억을 들춰내지 않더라도 직접적으로든 간접적으로든
한번 만난 사람의 실제적인 영향에서 자유로울 수 없다. 그리고
온전히 자기 힘으로 인생을 개척하고 있다고 믿는 사람도 분명
누군가와의 만남으로 운명이 달라진 순간은 있을 것이다. 때문
에 만남은 좋은 의미에서든 나쁜 의미에서든 사람의 운명을 꽤
많이 결정짓는다.

　이 작품에서는 작은 성인 잡지사에서 편집 일을 하는 야마자
키에게 어느 날 새벽녘 전화 한 통이 걸려온다. 그것은 십구 년
만에 목소리를 듣는 옛 연인 유키코의 전화다. 그 긴 세월을 날
려버리듯 만나서 스티커 사진을 같이 찍자고 제안하는 그 전화

가 그를 기억의 여행으로 끌어들인다. 그리고 현재 잡지사 편집자의 생활과 그의 기억 깊은 곳에 가라앉아 있던 여러 가지 과거가 교착되며 이야기가 전개된다.

유키코와의 만남과 교제. 아르바이트 가게의 사장 가족과 함께했던 잘 닦인 유리잔 같았던 나날들. 면접 때 인상이 강렬했던 상사이자 편집장인 사와이와의 대화. 현재의 애인을 만나게 된 경위 ……. 그런 과거들이 더없이 섬세한 문체로 생기 있고 투명하게 그려지며 현재의 삶 속에 녹아들듯 맞물린다.

그래서일까, 이 작품은 마치 고요한 수조를 바라보는 인상을 불러일으킨다. 수조 역시 하나의 세계를 형성하고 있다. 물고기가 있고, 수초가 있고, 산소가 있고, 박테리아가 있고, 물이 있다. 단지 그것뿐인 공간이 독립된 세계를 이룬다. 다른 점을 들자면, 그 세계가 밖으로부터 관찰되고 있다는 점일 것이다. 수조는 감상을 위해 존재할 테니까. 그런데 물이 한없이 투명할 때는 순간순간 수조의 존재가 까맣게 잊히기도 한다. 수조라는 한정된 공간으로 격리된 세계가 아니라 보는 사람과 같은 공간에 놓인 세계로 인식하게 된다. 투명한 물로 채워진 세계에는 그런 특성이 있는 것 같다. 그리고 소설 역시 수조와 큰 차이가 없을지도 모르겠다. 투명한 물의 존재를 잊고 수조의 세계를 바깥 세계와 동일시해버리듯이 독자가 작품 세계에 스며들어버리는 점에서도 비슷하다.

이렇듯 수조와도 같이 응축된 이 작품에서는 현재든 과거든 투명감이 넘쳐흐르고, 등장인물들 역시 수조 속 열대어처럼 각자의 인생과 시간과 변화와 더불어 담담히 자신의 삶을 영위하며 아름다운 군무를 선사한다.

그렇게 쌓이고 또 쌓인 시간 속에서는 슬픔조차도 아련한 추억으로 바뀌며 우리를 기억 속에서 거듭 태어나게 한다.

2015년 봄을 맞이하며

이영미

파일럿
피시

초판 1쇄 찍음	2015년 5월 20일
초판 1쇄 펴냄	2015년 6월 1일

지은이	오사키 요시오
옮긴이	이영미
펴낸이	정용수
펴낸곳	도서출판 예문사

박지원이 편집장을, 김은혜가 편집을, 서은영이 표지와 내지 꾸밈을 맡다.

출판등록	1993. 2. 19. 제11-76호
주소	경기도 파주시 직지길 460(출판도시) 도서출판 예문사
대표전화	031-955-0550
대표팩스	031-955-0605
이메일	yms1993@chol.com
홈페이지	http://www.yeamoonsa.com
단행본 사업부 블로그	http://blog.naver.com/yeamoonsa3

ISBN	978-89-274-1389-9 0380

* 이 도서의 국립중앙도서관 출판예정도서목록(CIP)은 서지정보유통지원시스템 홈페이지
  (http://seoji.nl.go.kr)와 국가자료공동목록시스템(http://www.nl.go.kr/kolisnet)에서
  이용하실 수 있습니다. (CIP제어번호 : CIP2015011655)
* 책값은 뒤표지에 있습니다. 잘못된 책은 구입하신 곳에서 바꿔드립니다.